O diário (nem sempre) secreto de Pedro

Telma Guimarães Castro Andrade

O diário (nem sempre) secreto de Pedro

ENTRE LINHAS
ADOLESCÊNCIA

Ilustrações: Paulo Tenente

25.ª edição

Conforme a nova ortografia

Atual Editora

Série Entre Linhas

Editor • Henrique Félix
Assistente editorial • Jacqueline F. de Barros
Preparação de texto • Lúcia Leal Ferreira
Revisão • Pedro Cunha Jr. (coord.)/Maria Cecília Kinker Caliendo/Edilene M. Santos/ Camila R. Santana/Irene Incao

Gerente de arte • Nair de Medeiros Barbosa
Supervisão de arte • Marco Aurélio Sismotto
Diagramação • Lucimar Aparecida Guerra
Coordenação eletrônica • Silvia Regina E. Almeida
Projeto gráfico de capa e miolo • Homem de Melo & Troia Design

Suplemento de leitura e projeto de trabalho interdisciplinar • Liliana Olivan
Impressão e acabamento • Bartira

Dados Internacionais de Catalogação na Publicação (CIP)
(Câmara Brasileira do Livro, SP, Brasil)

> Andrade, Telma Guimarães Castro
> O diário (nem sempre) secreto de Pedro / Telma Guimarães Castro Andrade ; ilustrações Paulo Tenente. — 25ª ed. — São Paulo : Atual, 2009. — (Entre Linhas: Adolescência)
>
> Inclui roteiro de leitura.
> ISBN 978-85-357-0988-9
>
> 1. Literatura infantojuvenil I. Tenente, Paulo. II. Título. III. Série.
>
> CDD-028.5

Índices para catálogo sistemático:

1. Literatura infantojuvenil   028.5
2. Literatura juvenil   028.5

10ª tiragem, 2017

Copyright © Telma Guimarães Castro Andrade, 1992.

SARAIVA Educação S.A.
Avenida das Nações Unidas, 7221 – Pinheiros
CEP 05425-902 – São Paulo – SP – Tel.: (0xx11) 4003-3061
www.editorasaraiva.com.br
atendimento@aticascipione.com.br

CL: 810324
CAE: 575967

*Para Paulo, Pedro,
Felipe, Diva e Paulinho... sempre!*

Segunda-feira, 2 de março. 7:00

Acho que puxei minha mãe, que é hipocon-não-sei-o-quê. Preciso tomar calmante. Como não tenho idade, um maracujá serve.

Começo aula hoje. Escolas não deveriam existir no período da manhã. Minha mãe já gritou que se eu não sair deste quarto ela ou arromba a porta ou toma um calmante. Adiantaria dizer que quem precisa sou eu?

13:15

Desisti do calmante. Ouvi uma reportagem que fala de um tratamento à base de choque. Preciso de um, rápido. Choque na aula. Esses professores já entram de sola e tudo. Aula disso, aula daquilo. Já sei que vou ser perseguido. Sempre sou. Se não é em Matemática é em Português. Não posso escrever muito. Tenho uma lista de material tão grande para comprar que, emendando, pode até dar a volta ao mundo.

Terça-feira, 3 de março. 17:55

Minha mãe teve que tomar um litro de maracujá (parece que os calmantes estão controlados) ao ler a lista de material. Sugeri que trocasse por uma calça da Korum, muito mais aproveitável, uns tênis Salidas no lugar do atlas, camisa da Teleton, mochila emborrachada e umas cuecas Dalvin Dlein (as minhas estão com o elástico solto e algumas ainda apresentam furos). Ela nem respondeu. O porta-malas foi pouco para acomodar o material individual. Ainda falta o coletivo.

Quarta-feira, 4 de março. 8:20 e 40 segundos

Aula de Português. Querem que eu defenda uma tese — como a de meu pai, acho —, pela quantidade de folhas de sulfite do material individual. Três mil folhas só pra mim. Espero fazer muito aviãozinho em aula. Descobri que a professora de Português namora o professor de Educação Física. Quando ela jogou os livros no chão, ele veio correndo para pegar. Foi muito engraçado quando o cabelo dela enganchou no botão da blusa dele. Não gostaram da minha risada. Senso de humor é proibido na escola.

Quinta-feira, 5 de março. 12:31

Meu pai avisou que não viria almoçar nem que o Juca tivesse coqueluche. Mamãe ficou nervosa e bateu o telefone. Fiquei nervoso porque quando ela fica nervosa o almoço sai um grude. Engano. Ela simplesmente o torrou. Fui obrigado a abrir todos os pacotes de bolacha e todos os sacos de batatas fritas. Finalizei com um sanduíche queimado. Tive de aguentar os gritos da mamãe de "Vá limpar a bagunça". Ia dizer que ela é quem tinha queimado, mas não pude. O telefone tocou. Era meu pai avisando que viria almoçar. Tive de tolerar o mau humor da mamãe e virei filho-recado do tipo "Avise seu pai que estou atrasada para a aula e ele que se vire".

Sexta-feira, 6 de março. 6:48

Fui tirado da cama precocemente (eu e meu pai). Dormimos juntos, já que ela o expulsou do quarto deles. Dormi mal porque meu pai roncou alto e gemeu com muita intensidade. Precisei ligar o som no último volume, o que fez com que mamãe retirasse os CDs do aparelho de som. Meu pai nada ouviu porque o ronco era sonoramente mais alto. Puxou nossos lençóis e mandou, como um general, que batêssemos em retirada para a cozinha para arrumar a bagunça do almoço que acumulara com a do jantar (ela não apareceu para o jantar). Filho sofre, pai sofre.

Sábado, 7 de março. 20:00 e 3 segundos – Lua cheia.

Pensei em arrepiar o cabelo com gel. Não gostei, depois de várias tentativas. Parecia com o menino-lobo de um filme qualquer de terror ou com um adolescente *punk* de periferia. Tentei fazer o gênero bonzinho – repartido do lado –, mas não gostei. Voltei para o *look* gel, puxado para trás. Fiquei parecido com um amigo do meu pai, que é executivo. Mais de oito horas e o aniversário da Maristela (a minha vizinha da esquerda de carteira) já devia ter começado. Coloquei uma meia branca, um sapato com sola de trator, uma camisa do meu pai (tá certo, ficou quase no joelho) e uma calça que cortei pra ficar só meio *punk*. Fui vaiado quando desci para a sala. Pais não entendem de moda. Falaram que eu parecia um tal de Elvis. Sou um incompreendido.

Domingo, 8 de março. 11:12 – Chuva.

Realmente, não fui o sucesso que esperava. Todos estavam com gel no cabelo, camisa do pai, solado tratorado. Até o perfume era igual. Massificação de adolescente. Gente mais sem criatividade. Maristela ficou de papo com o Zeca, só porque o pai dele tem um apartamento no Guarujá. Ele ficou dando em cima dela só porque a Maristela tem uma casa com piscina. Ia dizer que o meu avô tem um sítio em Caçapava, mas achei melhor ficar quieto. Aniversário embalado a coca-cola, salgados, bolo. E eu embalado a ciúmes. Qualquer dia a Maristela percebe que o Zeca é um besta. Aí eu quero ver ela se rastejando aos meus pés.

Segunda-feira, 9 de março. 21:03 — Neblina.

Não consigo entender como a professora de Geografia consegue ficar parada. Às vezes ela dá aula cochilando. Acabo pegando no sono também. A voz dela é mole. Quando eu tiver problema pra dormir, peço pra mamãe convidar a professora para um chá.

Terça-feira, 10 de março. 24:00 e 23 segundos

Estou vendo um filme de terror: *A hora do desespero — Parte XIII*. Não sei por que as meninas têm medo e gritam no cinema. Acho que é pra me impressionar, na esperança de que eu as segure, pegue na mão e diga: "Calma, o Pedro está aqui". Bem melhor ver o vampiro estraçalhar uma mocinha, sangue escorrendo por todo lado, do que essas cenas de beijo. Se vissem minha cara quando levanto, me convidariam para participar de uma série toda da *Hora do desespero*.

Quarta-feira, 11 de março. 15:00 e 46 minutos — Chuva.

Olhei meu horóscopo. "Aproveite o dia lindo e saia com o seu amor. Escreva-lhe aquele bilhete apaixonado e pronto. Seu dia será brilhante." Bilhetes, só recebo do verdureiro: "Favor avisar seus pais que a conta está atrasada". Ou, então, da revendedora da Yakult: "Quantos yakults por semana? Só sete? Não é pouco?". Época de recessão, acho. Será que se eu mandasse um bilhete para a Maristela ela responderia? Copiar os do verdureiro não dá. Não tenho nenhuma ideia. Posso começar com "Cara Maristela, quer estudar comigo? Três vezes por semana? Acha pouco? Estou atrasado na Matemática. Pedro".

Quinta-feira, 12 de março. 10:45 — Recreio.

Ia mandar o bilhete, mas desisti quando vi o Zeca mandando um bilhete pra ela. O que será que ele escreveu? Aposto que coisas melosas. Continuo achando que daqui a alguns dias ela cairá aos meus pés, implorando que eu pegue sua mão com carinho.

Sexta-feira, 13 de março. 16:00 — Fome.

A faxineira deu o cano. Minha mãe foi curta e grossa: "Limpe suas gavetas, arrume seu quarto, coloque o lixo lá fora, telefone ao congelado e peça o cardápio. Volto só às 8". No meio da faxina resolvi fazer um lanchinho. Por que só pipoca de mãe dá certo? Esses bolos de micro-ondas são tão duros! Se Maristela estivesse aqui, aposto que daria um *help*. Descobri que gosto de mordomias.

Sábado, 14 de março. 17:05 e 3 segundos — Sol.

Nenhum convite para sair. Será que tenho algum problema? Sofro de mau hálito? Ou as minhas espinhas são pontudas e amarelas? Pensei em comprar uma barba postiça. Falei com papai e ele disse que "isso passa" depois dos dezesseis. Vou ter de sofrer por quatro anos, quase. Quero fazer análise transespinhal. Se não existir, tenho um ataque e invento uma.

Domingo, 15 de março. 15:46 — Nublado.

Quem não tem convite pra sair se contenta com aniversário de filho de amigo da mãe e do pai. O chato é aguentar piadinha dos velhos: "gracinha", "cresceu", "engordou", "parece que estou vendo um começo de barba". Parece que estão precisando de óculos!

Segunda-feira, 16 de março. 21:49 — Pingos de chuva.

Tentei falar com meu pai, mas ele não desgrudou o olho do jornal, olhando o preço do dólar, enquanto minha mãe procurava em outro caderno um "Empregada oferece-se". Dei uma conferida porque, do jeito que me tratam, achei que estivessem procurando um "Doa-se filho com doze anos".

Terça-feira, 17 de março. 14:35

Fui convidado para passar a tarde com o Zeca. Não me sobrou alternativa. Perguntei pra ele como anda com a Maristela, e ele, olhando bem nos meus olhos, disse: "Ando numa boa". Já que perdi a parada, resolvi aproveitar. Quando ele me ofereceu sorvete, tomei o pote todo. Deitei na cama dele com tênis e tudo, ouvi todos os seus CDs, ganhei dele nos jogos de Super Nintendo, deixei o banheiro dele empesteado. Acho que ele não é tão ruim. No fundo, ele é médio. Estou pensando seriamente em ser amigo dele. Por enquanto, apenas dividirei suas comidas. Já é um bom sinal de consideração da minha parte.

Quarta-feira, 18 de março. 19:48 — Novela.

Enquanto minha mãe rebate as duras críticas do meu pai, estou dando uma espiada nessa novela besta a que as meninas da classe assistem. Bem que as meninas da novela podiam se debater por mim em vez de se atirarem num tal de Marcos Paineira. Aposto que ele não é nem do meu tamanho. Dizem que o mocinho tem de subir num banquinho pra se atracar aos beijos com a mocinha.

Meu pai reclama tão alto que qualquer dia levam ele preso. Disse que eu não preciso de três agasalhos de inverno e três de verão para o colégio. Ele pensa que sou índio para andar pelado. Ouvi ele gritar que no tempo dele era um uniforme só, lavava e secava, prontinho pra usar no dia seguinte. Mamãe esgoela que a culpa é dele de não consertar a secadora. Ele respondeu que metade da culpa é dela por ganhar tão pouco. Ouço o barulho. Agora um silêncio. Será que ele jogou algo em cima dela? Detestaria ficar órfão de mãe e ter pai na cadeia. Ia morar com quem? FEBEM, nunca!

Quinta-feira, 19 de março. 6:57

Achei papai agachado consertando a máquina de secar. Perguntei pra ele se queria que eu trocasse meus uniformes de verão e inverno por uma secadora nova. Acho que ele estava me gozando quando disse que com o dinheiro que sobrasse daria pra trocar até o carro.

Sexta-feira, 20 de março. 14:12 — Sol.

Pode ter o sol do mundo todo que não vai adiantar. Tenho uma parte das três mil folhas de sulfite para fazer uma redação, tema "Você está contente consigo mesmo?". Claro! Me acho o máximo, só tiro 10, os professores me amam, as meninas se matam por mim, meus pais nem querem outros filhos para não se decepcionarem. Sou todo músculos, faço mil esportes, meu cabelo é liso, meus olhos, azuis. Que mais posso querer?

Gastei trinta folhas das três mil. Conversei um pouco com o meu eu-espelho. Levei as folhas ao banheiro e comecei a escrever o que penso de mim. Ficou, resumindo, mais ou menos assim: "A única coisa que eu não mudaria em mim é o nome — Pedro, que quer dizer rocha. Preferia ser alto, forte e bonito, ter um QI 2 000, casa na montanha, na praia, tocar num conjunto de *rock*. Como não dá, continuo baixinho, forte e feio, cheio de espinhas, QI 30". Pensando bem, se eu me chamasse Felipe, talvez as coisas fossem diferentes.

Sábado, 21 de março. 10:47 — Sol.

Sem saída. Vamos almoçar na casa do tio Antônio e da tia Augusta. Deve ser churrasco queimado, pra variar. Tio Antônio sempre fica falando de política e esquece a carne na churrasqueira. O pior é aguentar todos aqueles cachorros no quintal. Tia Augusta fica me dando serviço, pensa que sou empregado: "Vai lá, querido, leva uma carninha pra eles". Sem o querido eu até levaria. Gosto dos cachorros. Só não gosto quando ficam me lambendo a orelha. Se cai a chupeta da Fabiana, tenho que bancar o razoável e ir lavar. "Segu-

ra ela um pouquinho pra titia." Vômito de nenê quando gruda na gente não sai nem passando Super-Resolve. O pior é que nem tios e prima de verdade eles são. Mania de pai e mãe: tudo é tio.

Domingo, 22 de março. 16:28 — Sol quente.

    Pela primeira vez o churrasco não queimou. Fiquei mal. Vomitei a noite toda e tive febre. Comi muito churrasco, molho, bolos, tortas, maionese. Bleca! Tio Antônio veio me ver e aplicou uma injeção. Mesmo doente, levei um beliscão da mamãe quando ele perguntou o que eu havia comido. Disse que era o churrasco, o primeiro não queimado de uma série deles. Passei a tarde toda a chá e torradas leves. Se Maristela me visse, ficaria visivelmente melhor. Afinal, estou quase morrendo. Resolvi fazer uma lista de últimos desejos: quero ser enterrado num belo lugar com árvores (pra virar um bom esterco); receber muitas coroas de flores; que meu pai, minha mãe e Maristela se vistam de preto; se ela quiser, quando for bem velha (com uns trinta anos, mais ou menos), pode até se casar com o Zeca;

que todos os meus pertences fiquem com a Associação do Bem-Estar do Menor; a TV, o Super Nintendo e o DVD, leiloados e a renda revertida para alguma associação de proteção ao cão manco.

Segunda-feira, 23 de março. 7:01

Gemi bastante durante a noite. Tá certo, dois gemidos foram porque bati a perna na quina da cama. Os outros 138 foram apenas lamentações ligeiras de um adolescente que não tem saco pra ir à escola.

Mamãe resolveu ficar em casa comigo. Papai me beijou oito vezes. Fiquei nervoso. Mas o remorso foi às 7:28, daí já não dava mais tempo de ir pra escola. Liguei o som, mas mamãe desligou. "Onde já se viu, doente tem de ficar na cama, quieto, em silêncio." Ainda não morri. Ouvi mamãe no telefone. Parece que avisou a escola. Lá vinha lição via alguém da classe. Doente não sossega. Meio-morto menos ainda.

16:42 — Sol.

Fiquei a tarde toda me sentindo meio doente. Também, estava encharcado de chá. Nem uma pipoquinha. Até que um banho ia bem. Estava me sentindo meio ensebado. Levei um choque. Maristela entrou no meu quarto, minha mãe bem atrás. Queria estar morto e bem sepultado. De pijama de bolinhas, com o cabelo em pé feito galã assustado, com o dente cheio de torradas. Procurei uma bala de hortelã na gaveta do criado-mudo, mas, pelo visto, acharam que eu queria vomitar. Mamãe correu atrás de um balde. Aproveitei o sossego da minha mãe desesperada para criar um clima. Maristela disse que ficou preocupada com a minha ausência até saber que eu estava doente. Trouxe toda a lição para eu fazer em casa. Presente de grego. Fiquei doente de feliz. Trouxe um sequilho que ela mesma tinha feito com a mãe. Quando eu ia aceitar, mamãe entrou com o balde e disse que eu estava de regime, tinha vomitado e tido diarreia. Pronto. O que poderia virar um belo romance acabava de ser destruído pela diarreia. Que menina ia querer namorar um cara que tem diarreia? Tive vontade de vomitar. De raiva.

Acho que as coisas não foram tão ruins. Ouvi ela dizer pra mamãe (fiquei com o ouvido colado na porta) que teve diarreia no mês passado. Achei muito desagradável. Enfim, pelo menos deixou seu telefone para que eu ligasse em caso de dúvida. Mamãe foi muito simpática, oferecendo-lhe coca-cola e bolo. E eu com tanta fome!

Terça-feira, 24 de março. 19:27 — Pouca visibilidade.

Talvez seja porque a faxineira faltou de novo e o vidro do quarto esteja sujo...

Tirei a sorte no palito. Azar. Teria mesmo de fazer a pesquisa sobre o homem das cavernas. Naquele tempo é que era bom: tacava-se uma cacetada num bicho, colocava numa panela e pronto. Sem ter de limpar panelas nem nada. Qualquer coisa, era só puxar a mulher pelos cabelos. Tempos machistas.

Dei uma espiada nos livros da estante. Tudo o que achei era longo demais. Porque não escrevem pouco?

Resolvi dar um pulo na casa do Zeca... Até que ele foi amável. Abriu um centímetro da porta e perguntou o que eu queria. Fiquei com vontade de dizer que queria um quilo de filé-mignon para a aula de Matemática. Resolveu abrir mais um pouco e com uma amabilidade de lorde de filme inglês perguntou se era assunto rápido. Respondi que era sobre um assassinato na rua e aí ele abriu. Quando subimos para o quarto, ele perguntou se eu poderia contar os detalhes. Eu disse que só depois da pesquisa. Ele acreditou. Copiei apenas cinco parágrafos e saí prometendo que contaria amanhã.

Quarta-feira, 25 de março. 9:12

Levei uma bronca do Zeca. Ele queria por toda lei que eu falasse sobre o assassinato. Isso ainda ia ser um problema... Que assassinato? Cara grudento! Não sei como a Maristela fica toda toda atrás dele.

Agora não dá mais pra escrever... O professor tá de olho! Depois te conto... Assassinato — Parte II.

Quinta-feira, 26 de março. 12:45 e 5 segundos

Jornal Regional São Paulo informa.

E não é que houve mesmo um assassinato no quarteirão? Nem bem desliguei a TV e o Zeca apareceu aqui. Estava branco. Queria saber como eu soube de tudo um dia antes. Eu não quis dar bandeira e dizer que tinha sido pura coincidência... Preferi dizer que usara meus poderes extrassensitivos herdados de uma bisavó meio índia meio holandesa. Ele caiu na risada. Não era tão bobo assim! Acabou abrindo o jogo: não deixara que eu entrasse logo de cara porque estava com um pijama de bolinhas. Abri o meu armário e perguntei se era igual ao meu. Era. Nossas mães devem frequentar as mesmas liquidações. Temos bolinhas em comum.

Sexta-feira, 27 de março. 1:01 da madruga

Meio tarde pra estudar, mas gênio é assim mesmo. Resolve e pronto. Tenho avaliação de Matemática e nem lembro mais quanto é dois mais dois. Fiquei com vontade de ligar para a Maristela, mas a essa hora ela deve estar escrevendo em seu diário que resolveu optar por este gênio que sou eu.

Sábado, 28 de março. 12:57

Pequenos problemas financeiros no almoço. Minha mãe praticamente exigiu que meu pai trocasse de carro. Ele respondeu que seria mais fácil trocar de mulher. Achei graça na piada. Ela não. Sobrou. Nós dois arrumamos a louça.

Antes de sair, ela pôs a cara na porta e avisou que estava saindo pra comprar umas roupas novas pra melhorar o visual. Papai tentou agradá-la dizendo que ela estava ótima, apenas com uns quilinhos a mais. Ela não gostou. Na volta, pude ouvir do meu quarto um "O quê? Comprou a loja toda?". Ela respondeu que agora a terapia dela seria essa: problemas seriam resolvidos com roupas.

Difícil entender. Como seriam resolvidos os meus? Espinhas, dentes tortos, pé grande, cabelo arrepiado. Por que não fizeram um filho mais bonito? Dificuldades financeiras, acho!

23:57 (de volta do supermercado)

O carro enguiçou na ida ao supermercado que fica aberto também à noite. Achamos que fosse o pneu. Nada. Faltava gasolina? Não. Seria o distribuidor? Platinado? Bateria? Veio o mecânico. Muito desagradável. Papai não gostou nem um pouco quando ele perguntou se não queria vendê-lo para o ferro-velho. Voltamos pra casa sem compras e sem carro. Papai achou que devia fazer algum bico, mas as suas aulas na universidade lhe tomam muito tempo, embora lhe rendam pouco dinheiro. Sugeri que vendesse carnês do Baú Maravilhoso ou então trabalhasse numa multinacional. Comigo é assim: oito ou oitenta. Dentro em breve poderia comprar um carro zero.

2:05 da madruga

Não consigo dormir. Parece que mamãe está tendo um ataque de nervos. Chorou por 42 minutos intermináveis. Parece estar falando de alguém da família: "Não vai se recuperar? E agora, o que vai ser de nós? Deus nos ajude! O que vai ser de Pedro?".

Domingo, 29 de março. 9:18

Pelo visto, passaram a noite fazendo umas continhas. Para minha sorte, gastaram quinze folhas das minhas duas mil, novecentos e setenta da escola.

14:26

Classificados de domingo.
Enquanto papai olhava Gols, mamãe procurava Golfs.
Tive sorte. Mamãe perguntou pra mãe da Maristela se ela poderia me dar carona pra escola por uns tempos, até comprar um outro carro. Dia de glória pra mim.

Das 15:09 às 21:57

Telefonemas pra nem sei quantas pessoas. Gol 98 não servia. Muito menos um Gol 5000 km. Decidiram-se por um Fiat 99, baixa quilometragem (mesmo?), cor limão.

Mamãe gostou. Papai achou estranho. Preferia preto. O dono, desesperado, trouxe o carro aqui, louco para se ver livre dele.

Negócio fechado.

Bem, eu seria o único a usar um carro fosforescente. Não precisaria de faróis no escuro. Só daria ele.

Segunda-feira, 30 de março. 18:55

Estou meio bobo, ainda.

Como o carro foi para a revisão dos 80 000 km, fui de carona com a Maristela. Me ofereci para segurar seus livros, mas ela recusou. Resolvi ficar mudo. A mãe dela falava bastante, para dar um clima natural. Será que era tão visível assim a minha cara de "apaixonado recolhido?". Precisava disfarçar mais.

Terça-feira, 31 de março. 22:47 — Sem lua.

O Augusto me ligou. Me convidou para seu aniversário na sexta-feira. Perguntei quem ia e ele disse que todos da classe. Coisa meio besta esse negócio de aniversário. A gente chega com cara de bobo pra dar um presente que o aniversariante provavelmente nem vai usar. Ele vai fazer treze anos. Eu, nada. Só em agosto. Por que não me fizeram nascer em abril? Quem sabe eu saísse mais bonito!...

Quarta-feira, 1 de abril. 23:23

Esperei o relógio marcar 23:23 porque acho legal hora e minutos iguais. Chato é esse monte de coisa pra estudar. Não sei por que professor gosta de avaliação. Avaliação de tudo. Por que não fazem por partes?

Mandaram a gente ler um livro que é legal. Pra falar a verdade, adorei. Se chama *O mistério do Paço das Hortênsias*. Por que não fazem sempre livros bons de ler como este? Li uns que detestei. Fiz até uma lista: *A família atrapalhada*, *O fim da picada* (era o fim mesmo), *A um passo da morte* (tenebroso), *A vida de Teco* (cadê o Tico?), *Pra sempre* (pra sempre é pra sempre mesmo?).

Acabo de lembrar que deixei o Meleca do lado de fora, sem almoço nem jantar...

Quinta-feira, 2 de abril. 17:50

Coitado do Meleca... Nem parece um gato. Parece gente. Comeu, limpou o prato e foi fazer suas necessidades na casa do vizinho. Não, eu não faço minhas necessidades na casa do seu Juliano. Prefiro meu banheiro. Minha mãe, por sinal, anda reclamando que eu deixo muitos pingos de xixi em volta da tampa. Insiste pra que eu tente mirar o alvo.

Fiquei encarregado de limpar meu banheiro hoje. Se pelo menos ela me pagasse a faxina...

Sexta-feira, 3 de abril. 14:02

Um monte de gente da classe vai dar um vale-CD pro Augusto. Coisa mais sem surpresa!

Comprei um "copo do babão". Quando ele beber água, plef! A água escorre na roupa. Não sei se ele tem senso de humor. Eu, pelo menos, tenho. Só não tive bom humor com a faxineira, que, em vez de arrumar o quarto, deixou tudo fora do lugar. Fui encontrar minhas cuecas com rombo na gaveta de calcinhas da mamãe. Consegui encontrar meu tênis debaixo da geladeira.

Bom, até que ela foi simpática quando me ofereceu um bolo de minuto (pensei que tivesse ficado duas horas fazendo). Parece que ela não gostou muito quando pedi o machado para cortar um pedacinho. Nem ela compreende meu bom humor!

Sábado, 4 de abril. 11:07

Acordei tarde.

A festa do Augusto foi dividida em: as meninas num canto, os meninos no outro.

A nossa conversa foi sobre elas; a conversa delas deve ter sido sobre nós.

O Augusto serviu coca no "copo do babão" para o Zeca. Ele babou de montão e nós tiramos uma dele. As meninas quiseram ver o copo e saber quem tinha dado. Por três minutos inteiros fui o rei da festa. "Onde comprou? É importado? Seu pai trouxe de Miami? Cara mais criativo!"

A dureza tem dessas coisas. A gente consegue até ser criativo com pouca grana.

Tive de voltar de carona com a mãe da Maristela, porque quando mamãe vinha me buscar furou um pneu. Acho que ele não estava incluído na revisão dos 80 000 km...

Domingo, 5 de abril. 10:09 — Ramos.

Estudando para prova. Extremamente irritado. Não, não com o Domingo de Ramos. Com as provas!

Segunda-feira, 6 de abril. 19:13

Continuo estudando. Mais que irritado. Estou atacado.

Terça-feira, 7 de abril. 20:21

Vou ter um ataque. Acho que entre hoje e amanhã.

Quarta-feira, 8 de abril. 21:43

Estou tendo. O ataque. Livros me perseguem.

Quinta-feira, 9 de abril. 22:12

A circunferência do equador é de 40 076,5 km. E daí?...

Sexta-feira, 10 de abril. 18:03 — Paixão.

Passei o dia rolando na cama. Tá certo, deveria ter ido à igreja, mas, com tantas datas e quilometragens na cabeça, o máximo que poderia fazer seria medir a quantidade de metros até a capela, a intensidade da voz do padre, a distância entre um fiel e outro... Soube pela mamãe que papai disse "Muito prazer" ao seu fiel vizinho de banco, em vez de "Que a paz de Cristo esteja convosco".

Já não se fazem cristãos como antigamente.

Sábado, 11 de abril. 21:59

Continuo apaixonado.
Em protesto, permaneci rolando na cama com meu pijama de bolinhas.

Domingo, 12 de abril. 19:18

Fui surpreendido no jardim, procurando meu ovo de Páscoa, pela dona Sônia. Nada mais infantil!... O problema era meu pijama de bolinhas. Por que eu não o joguei fora de uma vez?

São Paulo é mesmo uma selva! Meu pai e minha mãe resolveram, sem me consultar, fazer um piquenique no Ibirapuera. Compraram peru defumado, doces no Amor em Fatias, coca dietética não sei pra que, já que as calorias dos doces passavam de duzentas mil. Não faltou toalha xadrez e cesta de vime.

Acho que fiquei sobrando. Enquanto os dois namoravam, em plena Páscoa, minha única opção foi conversar com o Meleca. Ofereci a ele uns restos mortais de peru. Até ele teve mais sorte, pois se engraçou com uma gata vira-lata, como ele.

Nossos vizinhos de piquenique foram assaltados por um bando de pivetes. Enquanto caminhávamos (os vizinhos e nós), os moleques levaram uma cesta de piquenique. Papai e mamãe gritaram que estavam levando a cesta. Quando os vizinhos contaram que não haviam levado cesta alguma, descobrimos que tinha sido a nossa.

Nenhum guarda ou um desses camburões para fazer ocorrência. Seria muito engraçado dar parte de uma carcaça de peru defumado, toalha xadrez, cesta de vime, pratos e copos descartáveis. Não quiseram levar o Meleca. Pude ouvir um "Ainda bem que você não foi levado, porque não teríamos dinheiro para pagar o resgate". Puro engano. Deviam estar loucos para ficar livres de mim. Sou um típico adolescente rejeitado.

Segunda-feira, 13 de abril. 20:36 – Trovões, ameaçando chuva.

Faltam exatamente quatro meses para meu aniversário. O que será que vou pedir? Os cabelos do Marcelo Antony, o físico do Vin Diesel, a altura do Reynaldo Gianecchini, a fortuna do Bill Gates, a inteligência daquele físico que ganhou o Nobel, algumas meninas da 8ª série, a Maristela rastejando aos meus pés, uma ilha como a do

Pitanguy, dois BMW (um de cada cor), uma rede de restaurantes. Se desse para trocar nariz, orelhas, pés e cabelo, já ficaria dois terços satisfeito. Quando dá um trovão em Campinas, meu cabelo já arrepia em Santana. Meu nariz tem crescido mais do que eu. Orelhas e pés idem. Minha mãe reclama que meu pé cresce muito. Tem de comprar tênis novo a cada três meses. Defeito de fabricação, acho. Onde devo reclamar? Seção de trocas? Defeito? Vi uma loja na Voluntários da Pátria – O Defeito. Conserta-se tudo. Será que consertam meu nariz? Duvido. Ninguém ia querer ficar com esse. Nem eu.

Terça-feira, 14 de abril. 15:30 e 2 segundos

Meu pai ligou da universidade dizendo que não vem jantar. Mamãe saiu mais cedo do colégio porque estava gripada. Trouxe quinhentas mil provas de Português pra corrigir. Disse que está cansada de tudo, principalmente de ser coordenadora da 5ª à 8ª série. Preferia estudar no colégio dela de novo... É que lá só vai até a 8ª e no meu tem o ensino médio.

Resolvi bancar o "bom samaritano" e levei uma aspirina com chá pra ela. Ela espirrou tanto que eu já devo estar com o resfriado dela incubado. Pelo barulho que fiz na cozinha, fora a bagunça, ela pensou que eu tinha feito um almoção.

Fui até o congelado da esquina buscar uns pratos. Ela não gostou muito do que eu trouxe: medalhão à Luís XV, arroz à provençal, feijoada e torta de maçã. Ficou mais brava ainda quando avisei que papai ia dar uma conferência, "Biologia no dia a dia", para o primeiro ano de Medicina, e que não viria jantar.

Vou sugerir ao meu pai que em sua próxima tese fale sobre como defender-se de micróbios gripais maternos.

Quarta-feira, 15 de abril. 17:48

Foi até engraçado. Descongelei ontem apenas parte da comida, arrumei velas, a mesa, e jantamos... só nós dois. Mamãe acabou bebendo um pouco do vinho que estava há meio século na porta da geladeira e riu muito. Quando papai chegou, ainda pôde aproveitar uns restos de torta. Parece não ter gostado muito da nossa festinha mãe e filho. Ficou meio enciumado.

Quinta-feira, 16 de abril. 17:58 e 5 segundos

Tenho três mil provas até dia 30 de abril.

Almocei na escola hoje porque tinha muita pesquisa pra fazer. Fiquei no grupo do Rogério. Não tivemos alternativa senão rachar de estudar até agora há pouco. O professor de Computação tá no meu pé. Precisei ficar longos trinta e quatro minutos na sala do computador. A professora de Educação Artística me pediu um estudo de sombras no carvão para segunda. Fiquei sentado debaixo dum eucalipto, tentando fazer uma sombra. Não tenho culpa se ficou parecendo um monstro. Se ela reclamar, digo que sou um aluno contemporâneo, pois é assim que vejo a sombra dessa árvore.

Preciso entregar uma experiência de Ciências. Um papo com papai e talvez resolvesse. Ataco ele amanhã.

Sexta-feira, 17 de abril. 21:12

Saímos à cata de uma borboleta. Se você acha que é fácil pegar uma, é porque você mora em cidade pequena.

Quando vimos uma minúscula, após duas horas tentando, ela fugiu. Pensei em colocar um anúncio nos classificados, "Procura-se borboleta", especificando cor, tamanho, idade.

Assim que a gente passou pelo jardim da dona Sônia, vimos uma amarela em cima das flores. Papai, todo cerimonioso, pediu licença pra ela, que, toda educada, abriu o portão e de quebra nos deu uma rede pra facilitar a caçada.

Fiquei feliz. Ainda se encontram flores com borboleta em Santana e uma supersimpática senhora disposta a nos socorrer.

Nos ofereceu um bolo de fubá, regado a groselha.

Será que se eu morasse no Morumbi alguém abriria o portão pra mim?

Sábado, 18 de abril. 2:18 da madruga

Ouvimos barulho. Tiros e outras coisas. Parecia guerra.
Fuga no presídio.
Abri a janela. Invasão no meu quarto. Papai e mamãe fecharam minha janela e me proibiram de torcer pelos presos.
Tive de acompanhar pelo noticiário extra da TV.
Veio o cardeal, o bispo, o padre, os advogados defendendo os direitos humanos dos presos. A quantidade de policiais armados até os dentes era maior do que a dos presos.
Alguns que não conseguiram fugir fizeram uma rebelião no presídio, confirmou um jornalista.
Mais tiros. Mamãe e papai puseram armários e mesas nas portas. Ninguém ia ser tão burro de se esconder na vizinhança.
Ligamos a TV de novo. Ouvimos tiros. Parece que mataram três.
Acabo de escrever o ocorrido às 4:17. O tumulto acabou.

Domingo, 19 de abril. 10:43

Acordei num baixo-astral danado. Pra falar a verdade, nem dormi. As notícias que papai trouxe da rua é que os presos queriam apenas "melhores condições de vida celial", presidiária, sei lá... Não que quisessem cobertores peludos, comidas congeladas, como o medalhão à Luís XV, mas celas para vinte e não pra cento e vinte. Alguns mais animados conseguiram fugir. Não que os que não conseguiram fossem desanimados, mas é que deram azar. Bem, dos oito que fugiram, quatro foram mortos (legítima defesa da polícia, claro!), dois foram atingidos no ombro. Sobraram dois. Tomara que não estejam escondidos no jardim da dona Sônia. Se estiverem, provavelmente ela os terá convidado para um bolo de fubá com groselha.
Esse é um lado de Santana que não aprecio. Pra falar a verdade, é um lado de São Paulo que eu odeio. Por que não fazem mais colônias agrícolas? Não iam comer medalhão e feijoada, mas plantariam seus próprios pés de alface!

Segunda-feira, 20 de abril. 12:44

Viva!... Conseguimos uma empregada. Meio período, apenas. Já não lavarei minhas cuecas (duas ainda apresentam furos) e meias no banheiro, já poderei queimar minhas pipocas à vontade. Ela se chama Natalina. Nem é preciso dizer que nasceu no Natal.

Fez um arroz com cara de arroz (mamãe é um desastre no arroz e uma verdadeira catástrofe no feijão), um feijão com todo o jeito de feijão, batatas fritas e bifes acebolados. Preferia à milanesa, mas tudo bem. Mamãe pediu que eu fosse razoável e não pegasse no pé da Natalina. Deixou que eu me entupisse de goiabada com queijo. Ela acabou de sair pra trabalhar. Fiquei aqui completamente perdido nos meus estudos.

Terça-feira, 21 de abril. 13:18 — Tiradentes.

Mamãe foi me buscar. Estava louca pra saber como fui de provas. Se ao menos eu soubesse!...

Vi que Maristela respondeu tudo. O Zeca saiu dizendo que tirou no mínimo dez. Arrasou. A Lena e a Marci reclamaram do pouco tempo pra responder. O Augusto me beliscou duas vezes pra eu abaixar a cabeça pra que ele enxergasse a lousa. Que culpa tenho se estava ventando e o meu cabelo ficou arrepiado?

Amanhã tenho outra avaliação.

Preferia ter nascido gênio.

Quarta-feira, 22 de abril. 20:58

Papai corrigindo provas; mamãe fazendo o mesmo. Puro silêncio. Síndrome de prova, parece. Não me restou outra saída a não ser estudar.

Quinta-feira, 23 de abril. 21:10

Maristela continua melada com o Zeca. Resolvi ter outras garotas rastejando aos meus pés. Pensei na Talita, mas ela é um pouco maior que eu: apenas quarenta e oito centímetros. Hoje ela disse que meu cabelo é interessante. Será que quis ser engraçada ou acha mesmo?...

Por que vivo sofrendo de complexos de dúvidas?

Sexta-feira, 24 de abril. 13:32

Mamãe e papai vieram almoçar em casa.

A Natalina fez uma carne moída grudadinha, nadando no óleo. Nado peito e costas, naturalmente.

Mamãe disse que vou pôr aparelho às 17:40. Será que há espaço na minha boca pra ele? Meu nariz provavelmente não deixará. Ele é maior que eu. Como farei para beijar as meninas que dentro em breve estarão apaixonadas por mim?...

Acho que nem uma cobra rastejaria... Muito menos meninas. Meninas... Quem precisa delas?

Sábado, 25 de abril. 10:37 — Tempo incerto.

Não consegui dormir.

Me olhei no espelho. Pareço uma mistura do Robocop com o Woody Allen adolescente.

O aparelho é horrível. Não sei como vou sobreviver com ele. Será que vou ser reconhecido na escola? O Meleca não me reconheceu. Por que não se fazem filhos com os dentes nos devidos lugares? Agora só falta eu usar óculos.

Preciso com urgência ser um gênio. Todo gênio é feio, complexado e estudioso. Prometo me esforçar. Almoçarei livros e jantarei reportagens científicas sobre micróbios e moléculas. Só vou assistir a TV Educativa, só conversarei com adultos intelectuais. Brevemente vou tentar uma vaga numa dessas academias para imortais.

Domingo, 26 de abril. 13:54 — Tempo sujeito a chuvas.

Almocei lendo o mini *Aurélio*. Tudo porque li na *Veja* uma palavra que não entendi: "imexível". Não achei nem no míni nem no médio nem no *"Aurelião"*. Gênio sofre. Achei melhor procurar meu pai, que não é gênio mas vive no meio dos livros feito traça de biblioteca. Ele me contou que está na moda usar palavras que as próprias pessoas inventam. Perguntei se meu aparelho é "imexível" e ele respondeu que é... Por enquanto.

Segunda-feira, 27 de abril. 15:14 — Chuva e sol.

Ninguém se importou comigo. Sou um incompreendido. Agora é que pude notar que metade da classe usa aparelhos imexíveis.

Angélica perguntou quem é meu ortodontista. Contei que é o dr. Paulo. Ela disse que é o mesmo que fez o aparelho dela. Ficamos conversando sobre nossos aparelhos até quando a Lena chegou. Acabei ficando rodeado de garotas. Nada mau. Expliquei que, por enquanto, meu aparelho é "imexível" e elas perguntaram: "ime-o-quê?".

Meninas que não leem a *Veja* dão nisso. Estou a um passo de ser um gênio.

Terça-feira, 28 de abril. 14:24 — Vento meio frio.

Será que gênio pode ler horóscopo, ler gibi, jogar roupas no chão? Preciso de um secretário. Descobri que tenho avaliação de Inglês. Descobri um novo método revolucionário. Leio duas vezes, mentalizo, repito em voz alta, ando em círculos, com o livro na mão. Faz efeito.

Sou um gênio. Acabo de crer.

Quarta-feira, 29 de abril. 15:38

Incompreendido.

Natalina pegou no meu pé por causa de umas míseras migalhas de bolacha no carpete do meu quarto. Disse a ela que só com uma lupa conseguiria enxergá-las. Serviria para trabalhar com meu pai e seus micróbios.

Quinta-feira, 30 de abril. 21:02 — Céu estrelado.

Enquanto desenvolvia meu método revolucionário de estudo de Inglês (comendo bolachas), minha mãe entrou no meu quarto dizendo que eu podia dar quantas voltas quisesse, mas desacompanhado das bolachas.

Resolvi desenvolver um sistema mais funcional: amarrei a bandeja com cintos de couro, prendi no ombro e na cintura, coloquei o livro em cima e as bolachas do lado do livro. O problema é que a lata de coca-cola não para enquanto me movo em círculos.

Decidi colá-la. Perfeito.

Minha mãe não aprovou minha genialidade. Gênio sofre. Tentou descolar a lata da bandeja, teve um ataque e precisou amassá-la. Papai foi mais compreensivo. Disse que a minha ideia era boa, que só faltava um acabamento, uns retoques. Prometeu me ajudar no fim de semana. Tudo o que me resta é estudar na escrivaninha, com livro, caderno, lápis, borracha, dicionário de Inglês, sem andar pelo quarto. Bolachas... *never*!

23:03

Augusto telefonou. Combinamos assistir ao *Papai, encolhi mamãe*, no cine Bristol, amanhã, que é feriado. Ele convidou o Zeca e o Rogério. Eles toparam. Sugeri que a gente vá na Cranella depois, pra comer uns docinhos. Liguei para o Zeca, que foi logo palpitando um MacBob's. O Rogério, assim que falou com o Zeca, me ligou sugerindo um sorvete no Amor em Fatias. Gastarei minha mesada em comestíveis altamente calóricos. Como qualquer adolescente gênio.

Estou com a boca cansada e o dedo ligeiramente atrofiado, de tanto falar ao telefone e ficar discando.

Pretendente a gênio sofre muito.

Sexta-feira, 1º de maio. 23:00 – Dia do trabalho. Céu encoberto.

Ficamos com preguiça de pegar a fila do *Papai, encolhi mamãe*. Pena. Não faz mal. Quem sabe da próxima vez esteja passando "Gente, encolhi várias pessoas que me enchiam o saco". Sobrou um filme sem fila no cine Serrador I, *A sociedade dos gênios mortos*. Achei que fosse assistir a um filme de terror, mas não... Até que achei o filme legal. Pareço com o carinha do filme, incluindo meu pai e minha mãe não me deixando prosseguir na minha carreira de gênio!...

Encontramos as meninas na saída do Serrador II. Passávamos lá por acaso. Acabamos indo para as comilanças juntos. Se elas esperavam que pagássemos as contas, se ferraram. Cada um pagou a sua. Maristela ficou ao lado do Zeca, Talita perto do Augusto, Angélica entre eu e Rogério. Nossos aparelhos quase se engancharam quando abaixamos para pegar o troco que caiu no chão. Foi muito engraçado. Convidei o pessoal para ir sábado em casa. Querem ver melhor o meu método de estudo.

Sábado, 2 de maio. 20:58 – Céu encoberto.

Almoçamos no Espeto de Ouro, às 13:15.

O problema com esses rodízios é que a gente quer comer tudo o que paga. O garçom nem deixava a gente conversar. Vinha com:

"Picanha?", "Mais maminha?", "Alcatra ao ponto ou bem passada?", "Coração?", "Moela?", "Asinha?"...

Simplesmente detesto interiores e extremidades!

O garçom pingou gordura do espeto na minha camiseta e deu uma paulistinha na minha coxa esquerda. A cada vez que vinha com o espeto, eu colocava um guardanapo nas costas. Da próxima, irei de guarda-chuva à prova de pingos de gordura e com proteção nas pernas.

Às 16:13 o pessoal chegou em casa. Estavam loucos pra ver como se estuda com bandeja. Papai e mamãe até que foram legais. Papai fez um buraco com serra numa bandeja velha para que a lata de coca ficasse firme, sem cair; ajeitou o livro com uns prendedores de roupas e o saco de batatas com grampos. Na minha testa havia colocado um aparelho que se usa para enxergar melhor os micróbios no microscópio (um desses parecidos com o dos oftalmologistas).

Pude circular à vontade pela sala, quarto, com tudo ajustado e com os cintos em mim. Foi um verdadeiro sucesso... Até eu pisar no rabo do miserável do Meleca e tropeçar. Aí fui parar no chão com tudo. Gato, teria de manter a distância.

Mamãe preparou um bolo com calda de chocolate e menta divino. Não sei por que ela não é "do lar" como algumas mães que conheço. Poderia passar o dia em casa, me abastecendo com gloriosos bolos, que eu seria um filho-gênio com aparelho imexível agradecido para o resto dos meus dias.

Domingo, 3 de maio. 7:18 — Vento frio.

Tirado precocemente da cama para viajar. Por que sair tão cedo?

Vamos para Caçapava, no sítio do meu avô, respirar ar puro — como diz papai — e desenferrujar as pernas — como diz mamãe.

Não sei se chegaremos lá. Parece que os postos vão entrar em greve.

Segunda-feira, 4 de maio. 23:47

Mamãe voltou chorando. Quase inunda o carro. Papai prometeu que comprará não sei quando um sítio perto do vovô para podermos ir sempre pra lá respirar ar puro, chupar laranja embaixo do pé, correr atrás de galinha, pescar.

Voltei chateado. Não moraria lá a vida toda, mas passaria um bom tempo no sítio. Vovô assou uma leitoa pururuca, vovó fez não sei quantos tipos de doces. Havia pelo menos meio cento de parentes por lá. Quem não era aparentado, era afilhado, compadre, amigo íntimo desde pequeno, vizinho ou agregado do compadre. Vovô tem oito irmãos e vovó seis. Todos vivos. Cada um levou o filho que quis ir.

Fiz de tudo, inclusive tentei subir num cavalo. Tentei gritar que a pata dele estava no meu pé, mas tinha tanta gente lá, que ninguém notou. Fui salvo pela Carmen, filha do tio Jura. Manquei por um bom tempo. É mole?

Quando desci até o rio, escorreguei numa pedra lisa e catapof! Quem manda ir de tênis novo? "Caipira de São Paulo", foi o que ouvi a tarde toda.

Jogamos baralho, pescamos, ouvi histórias do vovô, me entupi dos doces da vovó. Conheci algumas agregadas interessantes. Ganhei até um beijo de uma delas: Carolina.

Ela é mais velha do que eu e tem um palmo de altura a mais. É ruiva e tem sardas. Gostei dela.

Terça-feira, 5 de maio. 19:12

Natalina deixou o jantar pronto. Conseguimos descolar as panquecas depois de delicada cirurgia. Para achar o recheio, papai pegou uma lupa. Começamos a brincar que o recheio, depois de descoberto, parecia ser cérebro de macaco. Mamãe levantou, pegou seu pão de regime e foi para o quarto. As mulheres são muito cheias de coisinhas. Aposto que Maristela ia ter ânsia e desmaiaria. Nos meus pés, lógico. Papai pediu que a gente avisasse Natalina para fazer panquecas soltas ao invés de "unidas venceremos" e de preferência com algo substancioso dentro. O que ele quis dizer com "substancioso" eu não sei. Espero que não seja com legumes e verduras substanciosas. Eles andam com mania de "tudo natural"... Eu não fui nem um filho nascido de parto natural. Fui um filho cesareano!...

Quarta-feira, 6 de maio. 12:48

Glória. Sucesso.

Sou o único cara a não ter medo de bichos enormes com patas monstruosas.

Maristela gritou. Era apenas uma baratinha qualquer. Matei-a com uma simples cadernada de História. Na cabeça.

Fui aplaudido pelos meninos. Ela não gostou. Disse que eu podia ter usado o meu caderno em vez do dela.

Dá pra entender as garotas de hoje em dia?

Quinta-feira, 7 de maio. 20:19 – Uma estrela.

Excursão para Serra do Mar no sábado.

Minha mãe ficou preocupada, deu duzentos motivos para que eu não vá. Meu pai disse que eu tenho mais é de ir, que a fauna, a flora, as pedras... E deu mais duzentos mil bons motivos. Vou. Tá certo, meio salgado, o colégio anda aproveitando... Mas até que eu sou um filho econômico: nunca fui à Disney, nem a um acampamento Paiol Médio, nem esquiar em Bariloche. Tá certo, tenho uma jaqueta de couro, Super Nintendo, mas um pouco de frivolidades não mata ninguém.

Prometi que não ficarei perdido na selva, levarei minha bússola e meu manual de escoteiro, mais lanches extras acaso tenha fome e uma maleta de primeiros socorros.

Acabei descobrindo que minha mãe sofre de insegurança de mãe de um filho só. Tava na hora de arrumar outro. Bom, já até passou da hora!...

Sexta-feira, 8 de maio. 13:57 — Nuvens.

O pessoal da classe tá superanimado. Ninguém fala noutra coisa a não ser na excursão. Não sei pra que levar cinco professores junto. A excursão é pra alunos ou professores?

Combinei com o Zeca de levar máquina fotográfica.

Aposto que as meninas vão de calça comprida. Bem que podiam ir de saia, assim, quem sabe, numa subida em pedra, escapava algum lance.

Sábado, 9 de maio. 6:08 — Escuro.

Se por acaso eu cair num buraco e for comido por leões, deixo minha casa para meus pais, meu gato para pesquisas e meu esqueleto para o laboratório do colégio, já que o esqueleto do Firmino está incompleto. Para Maristela, minha coleção de minicarros; para o Zeca, meu aparelho imexido pelos leões; para o Augusto, minha jaqueta de couro; para a Carolina, de Caçapava, meus cadernos e livros; meus rins, se não estiverem comidos, para a vovó, que sempre reclama dos dela; meu coração, se estiver intacto, para o vovô, que quando vê os preços sempre diz que um dia vai ter um infarto.

Domingo, 10 de maio. 24:02 — Dia das mães.

Estou quebrado.

A excursão foi, digamos, interessante.

A professora de Português, dona Eugênia, conseguiu se perder no meio de um bananal. Imagine quem foi resgatá-la? O professor Fernandes, de Física.

Levei lanche para ficar perdido um mês.

A vista era realmente linda!

Conseguimos tirar fotos das meninas (de calças compridas) nas pedras e elas conseguiram tirar fotos nossas correndo de um bando de marimbondos.

O Augusto quase me mata de rir imitando um macaco pendurado no cipó e quase nos mata de susto quando o cipó arrebentou e ele despencou de bunda no chão.

Tive até indigestão de verde. Era verde que não acabava mais.

As meninas não paravam de dizer "Ai, que lindo", enquanto a gente tentava gravar ruídos na mata (sons de macacos e um miado que descobrimos não ser de onça — era um coitado dum gato perdido).

Andamos por umas picadas que eram o maior barato. Chegamos até uma cachoeira (perdi um pé de tênis num riozinho), tomamos água numa nascente.

Mãe prevenida vale por tudo. Achei na minha "pequena" mochila um par de tênis extra, com um bilhete da mamãe: "Tá vendo como precisou?".

Zeca precisou do meu tênis avulso. Atolou o seu num monte de barro (pelo cheiro era outra coisa).

Tive sorte! Maristela sentou do meu lado na volta e acabou dormindo no meu ombro. Ainda bem que não roncou, senão teria estragado tudo.

Trouxe um presente pra mamãe pelo Dia das Mães: um enfeite que comprei num posto da estrada. Ela disse que adorou o vaso. Tudo bem, era uma escultura (gastei toda minha mesada nela).

Segunda-feira, 11 de maio. 15:54

Estou pê. Sou mesmo um infeliz. Afora as espinhas, o cabelo crespo (segundo a mamãe ele é apenas "ajeitado"), a baixa estatura, o aparelho, descubro que estou ligeiramente cego. O professor Henrique pediu que eu fosse à lousa para resolver um problema e tive realmente um problema: tive de encostar o nariz na lousa para escrever. Ele disse que eu devia procurar um oftalmologista. Se bem que, para um gênio, era o que me faltava: óculos tipo fundo de garrafa. Aposto que mamãe vai chorar quando o médico disser que estou praticamente cego. Pedirá um calmante, engolirá fundo, terá um acesso de bronquite asmática e ligará para meu pai. O PBX vai estar ocupado, como sempre, e ela ligará ao vovô, em prantos.

Aproveitei para apreciar a natureza enquanto meus olhos conseguem ver. Abri a janela e tudo o que consegui visualizar foi um galho de árvore entre uma centena de prédios. Peguei o binóculo. Droga. Era uma antena de TV e não um galho. A cegueira chega rápido. Provavelmente Maristela me guiará na escola. Preciso providenciar um cachorro. Gatos não são boa companhia para cegos.

Terça-feira, 12 de maio. 22:59

Mamãe anda controlada. Não entrou em pânico nem chorou.

O oftalmologista disse que preciso de óculos com pouco grau. Escolhi um modelo com aro de tartaruga (falso, devido a pais extremamente ecológicos), tipo gênio. Até que não ficou ruim. Disse que nunca ficarei cego, pois consegui ler a última linha de letras projetadas na parede. Mas que ela ligou para o meu pai, ela ligou. Pela primeira vez o PBX atendeu e ela pôde contar ao meu pai, em tom meio meloso, que eu vou usar óculos.

Assim que chegamos em casa, ela ligou para o vovô.

Até que foi bom porque os óculos escondem uma espinha que tenho logo abaixo do olho esquerdo.

Maldita! Suas horas estão contadas!...

Quarta-feira, 13 de maio. 16:53

Faltam três meses para meu aniversário. Treze anos, uma data histórica! Muitos ouvirão falar desse dia.

Ninguém reparou muito nos meus óculos, a não ser o professor Henrique, o "descobridor" do defeito.

Quinta-feira, 14 de maio. 23:28 — Friozinho.

Me sinto mal. Estou numa pior. Fui pedir a salada para o papai e saiu uma voz fina. Riram de mim. Discretamente, mas riram. Quando pedi a carne, saiu uma voz grossa. Minha voz não se decide. Mamãe disse que preciso dar um tempo pra ela, que adolescência é assim mesmo, a gente fica sujeito a mudanças.

Sexta-feira, 15 de maio. 13:05 — Pouco frio. Sol escondido pela poluição.

O Zeca esganiçou a voz na aula, exatamente como eu. Achei melhor rir baixo, em consideração a essa idade tão cheia de mudanças como a nossa.
Contei pra ele que eu nem queria mais falar, de tão esganiçada que a minha voz estava.
Combinamos estudar Português hoje à tarde.
Ele não é tão metido a bacana como eu pensava. Tem os mesmos grilos que eu.

Sábado, 16 de maio. 14:12

Mais conversamos que estudamos. Ele me disse que está de olho numa garota da classe. Fez tanto segredo, mas acabou contando: Talita. Nem disse a ele que ela é a fim do Augusto e que é um palmo mais alta que ele. Assim, eu estaria liberado para a Maristela. Tá certo, seria um quebra-galho; ela choraria no meu ombro dizendo que estava *down*, sozinha... Mas ombro é pra isso mesmo.
Ficamos jogando Super Nintendo, comendo pipocas (as que eu não torrei) e batendo papo. Quase devolvi a Maristela pra ele. Coitada!

Domingo. 17 de maio. 20:47 — Céu sem estrelas.

Meus pais vão se separar. Eu sempre soube. Nunca se deram bem. Só espero que não me mandem para Caçapava a vida toda. Estou mais acostumado à poluição paulistana. Tomara que não me rachem no meio. Com quem será que vou ficar? Espero que com papai. Ele não liga para as minhas bagunças. Por outro lado, ele não sabe cozinhar, e nesse caso é preferível mamãe, que entende um pouco mais.

Telefonei para o Zeca e contei que sou um filho de pais quase desquitados. Ele disse que não tinha me contado ainda que seus pais se separaram anteontem e que está sozinho com a mãe. Coitado. Estamos no mesmo barco. Será que minha mãe está de olho no pai dele ou a mãe dele está de olho no meu pai? Sabe como é, eles se conhecem, de repente... Seria muito engraçado, se não fosse com a gente!

Ouvi agora há pouco o barulho de prato quebrado. Deve ter sido mamãe que jogou no papai. A que ponto chegaram!... Será que vou ser atingido se descer para apartar a briga? Farei uma tentativa. Tenho um ar de psicólogo com esses óculos. Só preciso tirar o aparelho imexível para ter um ar mais adulto.

Segunda-feira, 18 de maio. 6:57

Perguntei a eles com quem eu ficaria e eles disseram que com vovó e vovô. Entrei em pânico. E o carro? "Fica na garagem", responderam.

Já tinham repartido tudo. E minha cama? "Não vai precisar dela", eles garantiram.

Perguntei se era definitivo e eles falaram que só faltavam uns detalhezinhos, coisa pouca.

Estranhei quando mamãe me abraçou dizendo que morreria de saudades. Papai respondeu a ela que passaria logo e que traria presentes.

Filho de pais separados tem alguma vantagem. O pai, quando vem buscar no fim de semana o seu filho separado, o leva pra comer todas as pizzas, hambúrgueres, x-tudos, traz presentes e chocolates.

Pedi um jogo novo de Super Nintendo. Ele disse que traria. Oba! Se fizesse uma cara mais triste, quem sabe conseguiria outras coisas!

Implorei que não jogassem pratos um no outro e mamãe disse que tinha sido sem querer.

Quando ela perguntou ao papai se contava ou não, disse a eles que já sabia de tudo: iam se separar.

Quase caí duro quando contaram que iam viajar juntos, e não separados, nas férias de julho, e que eu ia ficar em Caçapava. "Quem está se separando são os pais do Zeca, e não nós", explicaram.

Escutei tudo errado. O prato, ela havia deixado cair, sem querer. Estou precisando seriamente de um aparelho pra surdez.

Pra onde iam em julho? Para o Paraguai, Argentina, Foz do Iguaçu. Falta de imaginação! Se fosse pra Disney...

Coitado do Zeca...

21:39

Fiquei olhando o Zeca hoje, disfarçadamente, é claro! Pude notar que estava meio nervoso.

Na hora do intervalo, perguntei se estava com algum problema. Ele respondeu que não estava numa boa. Eu já sabia, meus pais idem, o nosso lado de Santana provavelmente idem. O que era um "saco" (segundo ele) é que os pais estavam brigando por "quem fica com o apartamento do Guarujá, que carro ia pra quem, as joias são minhas, os cristais e a prataria ganhei dos padrinhos do meu lado, o seu lado só deu inox e quinquilharias baratas". Ninguém discutiu sobre quem ia ficar com o Zeca. Quase ofereci meus pais sem apartamento nem na Cidade Ocean, por um período de tempo, mas não sei se eles gostariam de ter um filho pronto de treze anos.

Bateu o sinal e não pudemos continuar o papo.

Terça-feira, 19 de maio. 20:47 — Vento.

Perguntei à mamãe quem ficaria comigo se eles um dia se separassem. Ela estava com a boca cheia e segurava uma faca. Achei que com aquele "hum-hum" quisesse dizer que me cortaria ao meio. Triste. Perguntei ao papai se acaso se separasse da mamãe ficaria comigo, e ele, ao microscópio, respondeu que "Qualquer dia pego você, micróbio de uma figa!".

Será que me pegaria de quinze em quinze dias ou todo fim de semana?

Fiquei com vontade de me mudar para o "lar do adolescente desamparado".

Quando fui até a cozinha pegar umas bolachinhas, mamãe (já havia guardado a faca) perguntou o que era mesmo que eu tinha perguntado. Nada mal. Pelo menos isso... Queria um filho inteiro, e não só a metade!... A faca, na realidade, era só para cortar o pão!

Quando eu já ia entrando no meu quarto, papai disse que estava no auge por ter encontrado um micróbio raríssimo, no meio de milhares de outros. Quis saber o que eu tinha perguntado. Falei. Pediu desculpas por estar num outro mundo.

Descobri que sou mais que um micróbio raro pra ele! Talvez uma grande ameba disfarçada de filho adolescente.

Quarta-feira, 20 de maio. 12:45 e 5 segundos — Sol encoberto.

Vou ter de voltar ao colégio. Tenho uma pesquisa com meu grupo na biblioteca. Estou escrevendo com letra microscópica porque lá se fala baixinho. Tenho de ir treinando.

Quinta-feira, 21 de maio. 13:08 — Sol encoberto pela poluição.

Fomos proibidos de frequentar a biblioteca por uma semana. Confesso. Culpa minha. Falei alto, derrubei (sem querer) uma estante de livros, pisei no pé da bibliotecária (eu estava sem óculos). Zeca e Augusto também foram culpados. Até mais que eu! Derrubaram

coca-cola no livro (é proibido comes e bebes lá dentro), caíram da cadeira (uma eles quebraram sem querer).

Acho melhor avisar meus pais. Vou acabar sendo suspenso de casa. Nesse caso, pedirei asilo a dona Sônia.

19:57 — Tempo quente.

Quem manda ser honesto, Pedro? Quinze dias sem pôr o nariz lá fora. Ouvi todas aquelas coisas "Onde já se viu, filho de professora coordenadora, de professor de universidade, não tem vergonha, não?" Ouviram de volta todos os meus "Foi a primeira vez, nunca fizeram nada? Nasceram perfeitos?".

Redução para três dias, porque fui sincero.

Sinceridade precisa ser premiada. Qual a vantagem em ser sincero?

21:21

Infelizmente até os gênios precisam estudar. Estou afundado em provas, trabalhos, pesquisas. Nem tenho tido tempo pra reclamar da comida da Natalina. Hoje no jantar comi carne picadinha com batatas. Acho que ela trabalhou em hospital ou asilo. Comida de doente!...

Sexta-feira, 22 de maio. 18:14

Saí do castigo por bom comportamento.

Fui atrás do Meleca. Ele está sumido desde anteontem. Acabei descobrindo que ele está namorando a gata da dona Sônia. Ela me ofereceu um bolo, da janela da sala. Como fiquei indeciso, abriu a porta e disse que eu estaria em família, já que o Meleca era seu hóspede.

Gato danado.

Sábado, 23 de maio. 19:47

Fui abandonado. Meus pais saíram para um teatro e fiquei jogado feito um livro velho. Bem, deixaram dinheiro para que eu ligasse para a pizzaria e pedisse o que eu quisesse.

Liguei para o Zeca e para a pizzaria. Pedimos duas pizzas, uma pra cada um. Detesto dividir comida. Tudo o que aprendi no jardim de infância fiz questão de esquecer.

Jogamos baralho, vimos parte de um filme, conversamos. Ele ligou para a Talita e ficou uns vinte minutos com conversa mole. Achei melhor não ligar para a Maristela na frente dele. Ele poderia ter uma recaída. Levei o telefone sem fio do papai pro meu banheiro e liguei pra Mari. Fiquei catorze minutos com conversa furada. Contei três bocejos, todos dela. Será que, além de feio, sou chato?

Quase onze e trinta e oito e meus pais não aparecem.

Filho abandonado sofre.

Domingo, 24 de maio. 10:37

Maristela ligou.

Ficou vinte e quatro minutos com conversa mole. Dei quinze bocejos porque passei a noite acordado com raiva dos bocejos dela. Perguntou se eu quero comer um churrasco na casa dela. Vão algumas pessoas da classe.

Por essa oportunidade eu não esperava.

Burrada. Acabei mentindo. Disse que não podia, que já tinha um compromisso.

Ela bateu o telefone. Eu mereço.

Segunda-feira, 25 de maio. 12:58 — Ascensão.

Ela nem olhou na minha cara. Ficou de risadinha com a Talita a aula toda.

Resolvi me interessar por meninas que estejam na 8ª série. São mais inteligentes e não dão tantas risadinhas bobas.

Pô, se menti foi por timidez.

Gênio é assim.

Terça-feira, 26 de maio. 20:55

Fazia tempo que a gente não jantava ao mesmo tempo: papai, mamãe, eu e Meleca. Tá certo que a comida tava uma meleca... Mamãe acabou fazendo uma macarronada, papai abriu um vinho. Dei os restos (apenas alguns raros fios) para o Meleca. Conseguimos rir e conversar como seres normais.

Aniversário de casamento deles.

Pô, fiz umas continhas e descobri que minha mãe casou grávida de mim. Por isso não tinha nenhuma foto dela com roupa de noiva, aqueles babados todos.

Pisquei para o meu pai e falei que ele tinha realmente comido a sobremesa antes.

Às vezes penso que meu pai é bobo. Ele pensa que eu sou bobo.

Tá certo. Eu é que sou bobo. Quando ele colocou as catorze velas no bolo que trouxe da padaria, piscou pra mim e comentou que minha matemática andava bem fraquinha. É mole?

Quarta-feira, 27 de maio. 21:10

Resolvi estudar matemática.

Meu pai tem razão. Tô mal de conta.

Quinta-feira, 28 de maio. 21:28

Passei um bilhete pra Mari.

"Pode me convidar para o outro churrasco? Desmarco meu compromisso."

Ela respondeu que virou vegetariana. Azar. Meu, claro!

Sexta-feira, 29 de maio. 16:32

Telefonei para a Mari. Ela saiu pro balé. Mania besta de balé. Gostaria mais se ela fizesse capoeira.

Liguei para o Zeca. Ele saiu com a mãe. Liguei para o Augusto. Saiu, não me explicaram pra onde. Liguei para o Rogério. Ele estava no *playground* do prédio, não dava pra chamar. Liguei para a Angélica. Foi ao Inglês. Procurei o Meleca. Saiu para a casa da dona Sônia, provavelmente. Falei com a Natalina. Ela está rouca e não pôde falar comigo. O PBX do papai está ocupado, minha mãe ligou a secretária eletrônica na sala dela.

Estou sozinho. Abandonado.

Liguei a tarde toda para o Disque Piadas, Disque Companhia (só senhoras de meia-idade disponíveis). Tentei até o Disque Ajuda. Depois de muito afirmar que eu não queria cometer suicídio e que só queria me distrair com qualquer tipo de voz, bateram o telefone na minha cara.

Já não se fazem almas caridosas como antigamente.

Sábado, 30 de maio. 11:02

Fui novamente tirado da cama precocemente.

Maristela me ligou dizendo que o pessoal vai na casa dela de tarde pra jogar pingue-pongue.

Desmarquei meus compromissos telefônicos e vou também.

Usarei minha melhor roupa, tomarei um banho no capricho, irei sem óculos, sem aparelho. Tamparei minha espinha com um curativo para que pareça um corte ao fazer a barba.

Que barba? A que vai ter de nascer hoje, na marra.

Domingo, 31 de maio. 12:00

Estou com os pés de molho.

Jogamos pingue-pongue. Comemos. Jogamos pingue-pongue, comemos, jogamos pingue-pongue, pinguepongueamos comendo.

As meninas de sempre, pra variar. Meninos idem.

Jogamos baralho, ouvimos música. Esse tal de *rock'n'roll* é um pentelho. Prefiro metal.

Não sabia que sabia dançar forró. Afora que pisei no pé da Maristela cinco vezes, arrasei.

Fui chamado de pé-de-valsa pelo pai dela, dr. Fernando. Até a mãe dela quis dançar comigo, a dona Tata.

Voltei cheio de calos. Todas as meninas quiseram dançar comigo. Sabia que um dia seria um gênio... Mas nunca o Rei do Forró, versão precoce.

Segunda-feira, 1º de junho. 14:26

Fui comprar pão na padaria. Coisa mais chata ter fome e ter de sair para encher a barriga.

Pão com manteiga, geléia em cima. Lanche mais mixuruca.

Terça-feira, 2 de junho. 21:58

Tenho de fazer entrevistas com dois profissionais de áreas distintas. Quem? Bem, poderia arrumar centenas!... Pensando bem, talvez no máximo três: o dono da banca de revistas, o dono da locadora de vídeo, o dono da padaria. Poderia ser mais criativo: meu ortodentista – dr. Paulo –, meu oftalmologista – dr. José Celso –, meu ex-pediatra – dr. Arthur Robert. Aposto que metade da classe vai falar com eles, já que eles também têm filhos no colégio.

Resolvi dar asas à minha imaginação – que só pôde voar no que segue: 1º) um inventor de brinquedos (Otávio, amigo de infância do meu pai); 2º) um investidor na Bolsa de Valores (Olacir, amigo de infância da minha mãe).

Até que meu pai e minha mãe têm saco. Me fizeram rascunhar as perguntas primeiro e depois telefonaram pros dois.

As entrevistas ficaram um barato:

— *Foi preciso fazer faculdade?*
— *Pra esse tipo de trabalho, não. Eu descobri que era bom no negócio e entrei com tudo.*
— *Dá dinheiro?*
— *Nem sempre. Ganho por porcentagem nos jogos. Preciso pensar muito, fazer as maquetes dos jogos, pesquisar o mercado.*

E por aí afora.

— *Se ganha muito dinheiro com ações?*
— *Nem sempre. É como um jogo, se ganha e também se perde.*
— *O que fazia antes?*
— *Trabalhava num banco.*
— *Foi preciso alguma faculdade?*
— *Na verdade, não. Mas agora entrei em Economia. Sou o mais velho da minha classe.*

Preciso conhecer melhor esses dois. Devem ter muita coisa pra contar.

Quarta-feira, 3 de junho. 18:01 — Vento frio.

As entrevistas foram muito iguais. Todas com médicos, dentistas, professores, etc., etc., etc., etc.

A da Maristela foi legal. Conversou com uma jornalista de TV que contou ter passado por muitas situações difíceis e engraçadas. Uma vez, quando a jornalista foi entrevistar o governador, ela se arrumou toda. A entrevista foi cancelada e ela, de salto alto, saia cheia de babados, foi escalada pra fazer uma matéria urgente com os favelados do Morro do Macaco Velho. Atolou o sapato, rasgou a saia. Aprendeu que jornalista se arruma da cintura pra cima, que é o que aparece mais na telinha. Um bom tênis no pé serve tanto pra um governador quanto pra um favelado.

Minhas entrevistas foram, junto com as dela (levei uma maquete de jogo), as melhores.

Se alguém espetasse um alfinete em mim, eu explodiria.
Nada como ficar com o moral alto, certo?

Quinta-feira, 4 de junho. 17:12 — Tempo chato.

Nada como um moral rastejando feito cobra.
Levei uma cacetada com a prova de inglês.

Sexta-feira, 5 de junho. 19:45 — Garoa.

Acho que ando ligeiramente idiota. Não entendi uma piada que o Augusto me contou. Também, eu estava olhando as pernas da Maristela. Olhar não mata. E agora que estou de óculos, enxergo melhor. Ela tem pelinhos loiros, apesar de ser morena. Será que os pelos da barriga são ruivos?

Sábado, 6 de junho. 20:12 — Lua chata.

Fui ajudar o Zeca a repartir as tranqueiras que o pai dele vai levar da mãe. Ele não estava tão chateado como pensei. Separou umas roupas e pôs numa mala, assim não precisará ficar levando roupas a cada fim de semana que for passar com o pai.

Comigo seria diferente. Como iria repartir seis cuecas, dois pijamas (um de bolinhas e outro com um ursinho ridículo?), três calças *jeans*, três blusas de lã, nove camisetas (uma rasgada e outra com manchas de alvejante), seis bermudas (confesso que duas delas cortei com estilete para ficar meio *punk*), três tênis marca qualquer, uma dúzia de meias desparceradas?

Domingo, 7 de junho. 18:54 — Sem estrelas. — Pentecostes (li na *Folhinha*).

Dormi a tarde toda.
Meus pais também.
Fecharam até a porta.
Ouvi uns barulhos estranhos e levantei. Colei o ouvido na porta.

Silêncio.
Pleno domingo à tarde e os dois parecem estar na ativa.
Sempre ouvi que, depois do almoço, dá indigestão.
Resolvi voltar pra cama.
Meu pai bateu à porta e me acordou. Respondi que estava dormindo e ele disse que eu estava fazendo uns barulhos estranhos. Mamãe disse que parecia que eu estava roncando.
Estou ficando velho. Quem fazia barulho era este humilde besta que escreve.

Segunda-feira, 8 de junho. 15:03 — Pouco sol.

Estou morto.
Fiz uma aula de Educação Física que foi de matar. O professor exagerou. Pensa que sou o filho do Rambo.
Vou tomar banho.
Natalina disse que estou cheirando a cachorro molhado. Meleca fugiu de mim.
Será que estou tão fedido assim?

Terça-feira, 9 de junho. 21:40 — Nuvens baixas.

Estou de mau humor.
Acabo de descobrir uma afta na boca. Meu cabelo está em pé, tenho uma espinha nova no nariz.

Quarta-feira, 10 de junho. 20:29

Continuo de mau humor.
Tem um bando de madame lá embaixo, conversando com mamãe. Nem me deixam ficar de mau humor quieto. Mulheres falam demais.

Quinta-feira, 11 de junho. 21:52

Faltam dois meses para o meu aniversário.
Será que alguém vai lembrar que eu existo?
Eu, pelo menos, vou.

Sexta-feira, 12 de junho. 17:12 — Dia dos namorados. Tempo esquisito.

Passei pela casa da dona Sônia. Ela estava molhando as roseiras. Disse a ela que no nosso jardim não dá nem mato. Ela sugeriu que eu plantasse uma muda de suas hortênsias. Me deu uma hortênsia. Duvido que pegue.

Dia dos Namorados. Não recebi nenhum cartão. Pensei em deixar uma rosa na casa da Mari, mas gastei o dinheiro da mesada em fita de vídeo.

Sábado, 13 de junho. 8:37 — Um fio de sol.

Deixei a hortênsia na porta da casa da Maristela.
O cachorro do pai dela latiu e não tive tempo de colocar o cartão. Guardei comigo. Olha só: "Maristela, tenho pensado em você. EU".
Será que ela vai saber que fui eu?

Domingo, 14 de junho. 18:47

Faz duas horas que mamãe está ao telefone. O que tanto ela fala? Se a Maristela tentou ligar, deve ter desistido. Faz três horas e meia que papai está em cima do microscópio. Qualquer dia dorme com ele pensando que é minha mãe.

Vamos sair pra comer pizza. Provavelmente pedirei uma *calzone* só pra mim. Receberei um sonoro "NÃO" como resposta. Se eu fosse magro e desnutrido ficariam me empanturrando de comida.

Amanhã começo a fazer mais exercícios. Estou ficando barrigudo. Será que essa barriga não sai?

Segunda-feira, 15 de junho. 12:54

Maristela contou pras meninas que ganhou uma flor.

Fiquei quieto no meu canto.

Ouvi ela dizer que o cara é simplesmente "uau", que é superdiferente dos outros.

Aposto que o cachorro do pai dela deve ter comido minha hortênsia.

O cara que deixou a rosa deve ser um desses babacas do 9º ano.

Terça-feira, 16 de junho. 15:17

Minha mãe parece um general. Deixa bilhetes no banheiro do tipo: "Levantar a tampa do vaso sanitário. Dar a descarga. Tirar a cueca do chão. Dobrar o pijama embaixo do travesseiro. Levar as centenas de copos e pacotes de bolacha vazios que espalhou pelo quarto. Limpar o prato do Meleca. Trocar a água dele".

Ela me persegue. Fora ela, a Natalina no meu pé. Por que não pega no pé do gato? Ele tem quatro e eu, só dois.

Quarta-feira, 17 de junho. 20:00 – Frio.

Maristela acaba de ligar perguntando se fui eu que deixei a flor pra ela. Perguntei que tipo de flor e ela respondeu que eu sabia qual tipo se fosse eu que tivesse colocado. Disse a ela que dependia. Ela ficou uma fera porque não entendeu o que queria dizer com o "dependia". Aí quem ficou fera fui eu, porque ela disse que provavelmente tinha sido eu, porque não havia bilhete e ainda esquecera de tirar a raiz da hortênsia.

Meninas... Difícil entendê-las. Se a gente não dá nada, reclamam; se dá, reclamam do mesmo jeito.

Quinta-feira, 18 de junho. 14:00 — *Corpus Christi*. **Feriado.**

O caso da hortênsia — Parte II.

Recebi um bilhete no colégio. "Sugestões para um próximo dia dos namorados: 1ª) Escrever qualquer bobagem do tipo 'Eu te gosto'. 2ª) Convidar para um cineminha, mesmo que em grupo. 3ª) Se não quiser deixar nome no bilhete, pelo menos abra o jogo por telefone."

Fiquei bastante irritado, para não dizer pê da vida.

Resolvi mostrar o bilhete aos meus pais. Ao meu pai, para ser exato. Quem sabe suas células tivessem algo melhor para me sugerir.

Sexta-feira, 19 de junho. Meu relógio quebrou. Noite estranha.

Papai me disse que não adianta gastar muita saliva com mulheres. Disse pra eu ir com calma, senão ia ter um esgotamento nervoso, que é um estado de tensão muscular.

Tudo o que eu queria eram umas dicas e tudo o que ele fez foi me dar uns preceitos básicos de biologia.

Pelo menos descobri que o que ele tanto olha no microscópio são "partes coradas do núcleo de uma célula de glândula salivar da *Drosophil* (mosca das frutas)" em que pesquisa os cromossomos, cada um constituído de inúmeros genes.

Pode?

Sábado, 20 de junho. Relógio quebrado. Tarde esquisita.

Falei com mamãe sobre a Maristela. Ela me disse que é preciso papo pra conversar com quem a gente gosta, procurar fazer trabalhos escolares juntos, redações, ver filmes apropriados, carregar seus livros. Acho que ela não entendeu que eu só queria saber a respeito da bendita hortênsia e do bilhete que não mandei.

Domingo, 21 de junho. Sem relógio. Dia ensolarado (apesar da poluição).

Aproveitei que os dois estavam relaxados, sentei na frente deles e, como um aluno que quer explicações, falei da hortênsia, dos não-bilhetes, dos telefonemas.

Tudo o que ouvi foi "Ah, era isso?", "Deixa o barco correr". Que barco? Nem minha bíci anda!... Está enferrujada pela poluição. E meu relógio, então?

Papai sugeriu que deixássemos uma rosa e um bilhete nessa madrugada. Mamãe ajudou a rascunhar um bilhete: Maristela, espero que goste tanto de hortênsias como de rosas... Afinal, você é mesmo uma flor. Pedro.

Achei superbacana. Mas preferia ter escrito: Bom dia. Pedro.

Papai comprou uma rosa na floricultura. Acabou comprando uma para a mamãe também.

TCHAM TCHAM TCHAM TCHAM. Super-Pedro ataca de madrugada.

Segunda-feira, 22 de junho. 6:08 — Relógio consertado. Escuro.

O cachorro do pai da Maristela ataca novamente. Perdi meu tênis no portão quando corremos dele.

Acabei colocando o meu bilhete (e não o da mamãe) pra ela. Papai perdeu os óculos na esquina da casa da dona Sônia. Estávamos correndo de uns pivetes.

Papai gostou tanto do bilhete que mamãe havia feito pra mim, que fez um igual pra ela, só mudando o nome.

Droga. Perdi o tênis de que mais gostava. Tudo por causa de uma menina.

13:01 — Tempo bom, pouca nebulosidade.

Ainda bem que ela foi discreta. Primeiro tirou um tênis da mochila e perguntou se era meu. Falei que era. Disse que podia ficar comigo, porque um pé só não adiantaria pra nada. Disse que gostou da rosa e do bilhete. Mais do bilhete... Mas que preferia hortênsias.

Mulheres... Quem as entende?

Terça-feira, 23 de junho. 21:43 — Ventos.

Mamãe adorou a rosa e o bilhete. Disse pro papai que ele nunca tinha escrito algo tão lindo. Coitada. Esqueceu que foi ela que escreveu. Ficou pendurada a noite toda no pescoço dele, tomaram vinho, conversaram comigo, comeram queijo.

Dá pra entender como uma flor mixuruca pode deixar as mulheres assim?

Quarta-feira, 24 de junho. 20:01 — Vento frio.

Tivemos uma festa junina no colégio.

Gastei meu dinheiro comprando vinte beijos na Barraca de Beijos. Lógico, a Maristela estava lá vendendo beijos e eu ia ganhar vinte beijos dela.

Dentro da barraca fiz um bico do tamanho de bico de tucano e o que ganhei foram vinte docinhos de coco (chamados de beijinhos). Quando saí da barraca, fiz uma cara de feliz para ninguém perceber a mancada, já que eu tinha sido o primeiro da fila.

Augusto, Zeca, Rogério e mais o colégio inteiro entraram nessa, com mais beijinhos do que eu.

Tudo para ajudar a 8ª série na formatura.

Espertinhas.

Tive uma baita dor de barriga de tanto comer beijinho.

Ela me paga!

Quinta-feira, 25 de junho. 21:14 — Vento médio.

Minha última prova.

Espero não ter tirado zero. Ia ser um saco estudar nas férias. Férias são férias. Esse povo do colégio, com tanta mania de pedagogo, fica enchendo a gente de serviço. Eu, que não sou pedagonada, acho antipedagógico ter lição nas férias. Tenho quinhentas coisas pra fazer durante os meus dias em Caçapava. Só falta ter de ler uma pequena lista de livros de literatura para Português.

Sexta-feira, 26 de junho. 22:08 – Vento fraco.

Últimos dias de aula.
Para onde o povo vai viajar?
A classe se divide em: os boas-vidas, que vão pra Disney; os que têm apê no Guarujá; os que vão pra Bariloche; os que vão para o Norte, Sul, Leste, Oeste; um que vai pra Europa; três que vão ficar fazendo programa de índio. Estou incluído no último item. Vou para Caçapava. Antes isso.
Maristela vai pro Nordeste. Eu, para o sítio em Caçapava. Se ao menos fosse pra Gramado...
Quando me perguntaram o nome do sítio, tive vontade de ficar mudo: Sítio do Vovô. Pode ser mais popular?

Sábado, 27 de junho. 23:48

Fomos ao apartamento do professor Henrique. De lá, ele nos levou para assistir a um jogo de beisebol. Ficamos empacados no caminho. O jipe parou e não andou mais. Quase perdemos o jogo. A namorada-professora dele estava lá, lógico. Ficaram de papo o tempo todo.
Me entupi de pipoca.

Domingo, 28 de junho. 18:45

Fomos à missa.
Cochilei um pouco enquanto o padre falava. Quando ele falou alto "Você!", levei um susto e respondi, meio dormindo: "Eu?".

Não, não era eu. Ele estava falando sobre o fraco e o oprimido (eu quase me encaixo nessa classe), e, num ataque, gritou: "Você, que está fraco e oprimido... Você...".

Primeira vez que sou acordado por um padre!

Segunda-feira, 29 de junho. 20:40 — Frio.

Última semana de aula.

Professor sofre ganhando pouco.

Aumentaram a carga horária das escolas particulares e estaduais e a gente que paga o pato.

Hoje até que o dia não foi ruim. Maristela jogou os cadernos (de propósito) no chão. Era saída do colégio. Quando peguei tudo pra ela, pude colocar um bilhete, que guardava há séculos, dentro do livro.

Escrevi: "Maristela, estou indo para o Sítio do Vovô, do vovô, em Caçapava. Mande um postal pra mim. Vou sentir sua falta. Pedro".

Espero que ela não me ache babaca.

Terça-feira, 30 de junho. 21:16 — Gelo.

Metade da classe não foi à aula. Estão todos indo viajar. Maristela não foi também. Deve ter achado meu bilhete. Não, não deve.

Quarta-feira, 1º de julho. 14:17 — Muito vento.

Sou um dos únicos a ir à escola. Amanhã é o último dia. Aí, adeus!

Quinta-feira, 2 de julho. 15:47 — Tempo misturado.

Joguei os cadernos em qualquer canto, deitei, vi TV, fui até a doceria.
Como é bom não fazer nada!
Passei com cara de cachorro magro na casa da dona Sônia e ela me ofereceu uma rosca quentinha.
Para variar, o Meleca estava lá. Gato cara de pau.

Sexta-feira, 3 de julho. 16:40 — Tempo fechado.

Já estou odiando estar de férias. Coçar o saco enche. Ainda mais com a Natalina no meu pé. Preferia ser gato.

Sábado, 4 de julho. 23:12

Meus pais me levaram pra ver *Esqueceram de mim* – parte 5. Achei o filme muito legal, apesar de sentir que os dois riram muito pro meu bico... Devem estar se inspirando no filme pra esquecerem de me levar pro Paraguai.
Para variar um pouco, fomos a um restaurante francês. O dono se chama Joaquim, pode?
A comida não deu nem pra encher um buraco de dente. Francês deve passar fome!
Quando saímos de lá, pedi pro papai parar numa lanchonete para um hambúrguer rapidinho. Nem precisava. O carro quebrou bem em frente a uma.

Domingo, 5 de julho. 16:31

Vou para Caçapava só no dia 12. Droga. Estou até pensando em frequentar a AAAFE (Associação dos Alunos Anônimos em Férias Escolares).

Segunda-feira, 6 de julho. 12:16 — Tempo encoberto pela cortina.

Acordei agora. Não sei se peço meu café no quarto ou se desço para tomá-lo. Será que peço ovos com *bacon* como nos filmes? Se fizer uma tentativa, levo uma dúzia deles na cabeça.
Nunca tenho umas mordomiazinhas.
Sou um reles adolescente mortal em férias mortíferas.

Terça-feira, 7 de julho. 15:10

Ganhei cuecas novas e um pijama ridículo cor de laranja com listras brancas. Provavelmente mamãe o comprou numa dessas "imperdíveis" promoções no centro da cidade. Acho que ela tem medo de que eu me perca à noite no sítio do vovô. Com esse pijama poderia servir de sinaleiro humano nas estradas.

Quarta-feira, 8 de julho. 17:51

Últimos preparativos.
Mamãe arrumou uma mala enorme para mim. Não se esqueceu nem dos meus gibis, muito menos dos meus pacotes sortidos de bolachas. Papai está meio nervoso, dizendo que não sabe se o dinheiro dá com folga.
Estou parecendo um bezerro que vai para o matadouro. Por que não posso ficar aqui com a Natalina ou então com o Meleca (que, é lógico, vai se "hospedar" na casa da sogra — dona Sônia)?

Quinta-feira, 9 de julho. 7:01

Mania de pai e mãe sair tão cedo assim. Vão me levar, passam uns dias por lá e depois vão para as "foz da vida".

Vou levar você comigo, diário. Aposto que vou escrever como nunca por lá, porque no sítio não tem nem pernilongo pra encher o saco. Tudo morto.

Sexta-feira, 10 de julho. 16:22 — Céu azul. Sol.

Levantei às seis da madruga. Culpa do galo, que canta muito alto e cedo demais pro meu bico (o que não acontece com o dele). Galo devia cantar depois das onze quando recebe visitas, cansadas, da cidade grande.

Vovó, assim que ouviu meu barulho no banheiro (a descarga é barulhenta e acorda a casa toda), trouxe meu café no quarto.

Vovô me levou pra andar a cavalo. Tá certo, é um pangaré, mas pra quem é jacu da cidade, como eles me chamam, já serve.

Papai e mamãe saíram para a cidade pra visitar alguns amigos.

Sábado, 11 de julho. 17:02 — Céu azul. Nenhuma nuvem.

Ajudei vovô Galdino a dar comida pros porcos. Os porcos são limpos. Tá certo, porco é porco. Mas estes até que são ajuizados. Comem sem fazer tanta porquice.

Papai e mamãe se esqueceram de mim. Também, nem tive tempo de lembrar deles.

Cortei lenha com o vovô para acender a lareira de noite. Estou pregado.

Domingo, 12 de julho. 18:16

Nem sei quantas pessoas almoçaram aqui.

Minha avó Luísa parece polvo. Na hora do almoço, tem mil braços. Tá certo. Sem a Tata, babá de minha mãe, que mora aqui até hoje, não sairia tudo perfeito.

Todo mundo comeu, bebeu, deu uma descansada e foi pra cozinha.

Acabei morto numa rede. Acordei com uma galinha bicando meu pé.

Segunda-feira, 13 de julho. 23:05 — Frio.

Jogamos baralho.

O Quito inventou um jogo maluco. A Maria Luísa só dava risada, a Zala levantou pra fazer café, a Lena trouxe biscoitos da cozinha.

Papai ficou numa rede, mamãe grudada nele feito marisco em pedra.

Às nove e meia tava todo mundo esquentando a mão no fogão a lenha.

Terça-feira, 14 de julho. 17:47

Nunca tinha visto peruzinho recém-nascido.

Nasceram onze. Três morreram. Fiquei com pena e enterrei os três. Coloquei cruz.

Fui até o mercado de Caçapava, de bicicleta. Fui comprar farinha pra vovó. Acredite se quiser, fiquei perdido no mercado. Não achava a saída.

Me interessei por cinco pintinhos. Comprei. Quem sabe vou ser um chacareiro e poderei começar já uma criação de aves de corte.

Quarta-feira, 15 de julho. 20:09

Coloquei nome nos pintinhos: Salário Mínimo, Real, Ronaldo, Rivaldo e Denilson. Como de tarde já nem sabia quem era quem, resolvi fazer uma marquinha de caneta na cabeça dos pintos, cada marquinha duma cor. Gênio é gênio.

Quinta-feira, 16 de julho. 16:46

Não sei por que meus pais nunca vão embora. Tô louco pra ficar fazendo o que quiser, sozinho. Vovô deixa eu mexer em tudo, vovó idem.

Hoje conheci o filho do caseiro, o Deusdete. Lógico que o pai é João de Deus e a mãe, Odete. Ele me ensinou a pegar minhocas, colocar no anzol e jogar a vara corretamente no rio, sem enganchar na camisa.

Descobri que peguei bicho de pé. Minha mãe achou graça e disse que é sinal de saúde. Vovó me deu pomada pra passar.

Deusdete disse que sou caipira de São Paulo. Caipira é ele, com aquele erre caipira.

Ele tem uma vasta coleção de bichos de pé.

Sexta-feira, 17 de julho. 17:52

Peguei piolho da irmã do Deusdete.

Minha avó riu. Disse que não é piolho não, que eu ando cismado.

Ah, os dois foram finalmente hoje pra São Paulo. Amanhã saem na excursão pra Foz.

Acabei esquecendo o que ia pedir de presente.

Sábado, 18 de julho. 23:41

Deusdete me chamou de "chucro" quando viu as marquinhas nos pintinhos. Disse que assim vou "matá eles".

Domingo, 19 de julho. 21:23

Aula de pinto:
1) Não se pode marcar a cabeça dos pintos, senão um fica bicando o outro na cabeça até matar (pensam que é comida ou então defeito). 2) Não se deve colocar comida dentro de vasilhas. Precisa ser colocada no chão da caixa, que é pra eles aprenderem a ciscar. 3) Água em vasilha rasa para o pinto entrar dentro. 4) Arroz lavado depois de cozido, pois o óleo dá dor de barriga. 5) Falar baixinho perto deles, porque quanto mais se grita, mais eles piam.

Deusdete é um bom pintólogo.

Segunda-feira, 20 de julho. 19:17

Saímos para um passeio: Deusdete, eu e mais uns outros "Detes". O Donizete, a Valdete, a Luzinete e o Lorizdete. Tomamos banho de cachoeira (quase viro pinguim). Tiraram umas da minha sunga. Eles nadaram de calção. Na volta, fui comer bolo de fubá na casa deles. Casa de madeira, sem tevê, sem telefone. Só um rádio velho.

A Luzinete, colocando um dente aqui e outro ali, mais umas roupinhas, ficaria uma gatona. Perguntei por que ela não cuida dos dentes e ela disse que caíram porque eram de leite.

Puxa, e eu pensando que ela tivesse uns doze anos!...

Convidei o Deusdete para dormir na casa do vovô, assim a gente vai poder ficar conversando até altas madrugas.

Terça-feira, 21 de julho. 23:01

Deusdete dorme muito cedo. Não deu nem dez horas e o cara tava roncando. Perguntei se ele sente falta da cidade e ele respondeu que não. Quando quer, vai pra lá e fica "ficando". A escola dele é perto da cidade (no meio do caminho). Apenas "mode meia hora de a pé". É incrível! Ele sabe tudo sobre peixes, rio, nascer do sol, pôr do sol, o tempo que vai fazer. Não erra uma. Daria um bom meteorologista.

Descobri que não sei nada.

Só o tempo que faz quando escrevo.

Quarta-feira, 22 de julho. 6:15

Não posso escrever muito. Vou com o vô, tirar leite da Zenilda.

Quinta-feira, 23 de julho. – Relógio parado.

Não posso escrever. Tô com "os braço" doendo de tanto puxar as tetas da Zenilda.

Sexta-feira, 24 de julho. 20:02 – Noite linda.

Recebi um cartão-postal de Maceió, da Maristela. Diz assim: "Pedro, aqui está ótimo. Espero que você esteja ótimo. Maristela".

Achei ótimo.

Gostaria de poder levar o Ronaldo e o Real pra ela. Eu ficaria com os outros. Aposto que o cachorro do pai dela comeria os dois antes que eles dessem um pio. Melhor deixá-los por aqui mesmo. Afinal, serão o meu sustento daqui a alguns anos.

Sábado, 25 de julho. — Larguei o relógio não sei onde.

Recebi um cartão de Foz do Iguaçu. Diz: "Filhão, as cataratas são lindas. Realmente, pobre Niagara Falls. Da próxima vez, você vem conosco. O lado argentino é uma loucura. Você adoraria os jogos eletrônicos. Beijos a todos. Saudades. Papai e mamãe".

O que eles sabem sobre Niagara? Nunca estiveram lá!...

Pobre mamãe e papai... Não imaginam como estou me divertindo aqui!... Da próxima vez, venho pra cá de novo.

Domingo, 26 de julho. 12:40

Ontem fui até o correio de Caçapava levar um cartão-postal e uma foto pra Maristela. Assim, quando ela chegar em Santana, encontrará uma surpresa minha. Escrevi: "Maristela, aqui está ótimo. Este é o mercado de Caçapava. É tão grande que me perdi nele. Mando essa foto minha, tirando leite da Zenilda. Não dá pra me ver direito porque a teta dela é muito grande. Sou essa calça azul que aparece atrás do rabo. Pedro (Desculpe a foto, é daquelas instantâneas)".

Segunda-feira, 27 de julho. — Frio de rachar. Não quis procurar meu relógio.

Acendemos uma fogueira depois do jantar. Vovó está lendo um livro em italiano e vovô acendeu seu cachimbo. Deusdete e eu jogamos baralho (ele nunca havia jogado). Depois de dar ração para os pintos, para a Zê (Zenilda), para os porcos, fiquei meio moído. Agora sei por que todo mundo dorme cedo (e come muito).

Terça-feira, 28 de julho. — Só sei que é tarde e tá frio.

O Real morreu. Era de esperar. Droga! Perguntei pro Deusdete e ele disse que esses pintos de mercado às vezes vêm doentes. São os que iriam ser sacrificados e que são comprados pelos vendedores de pintos por um preço bem baixo.

Minha criação está indo pro brejo.

Vovó disse pra eu não ligar não; ela vai tomar conta dos outros pra mim.

Coitada... Fez frango assado com polenta frita no almoço. Falta de psicologia, insistindo a toda hora que eu experimentasse uma asinha.

Vou acabar virando vegetariano.

Quarta-feira, 29 de julho. — Sem relógio. Noite estrelada.

Últimos dias de Pompeia. É o livro que vovó está lendo.

Meus últimos momentos aqui. Papai e mamãe chegam amanhã, em São Paulo. Vou para lá sozinho, de ônibus, no sábado. As aulas só recomeçam na segunda.

Droga!

Quinta-feira, 30 de julho. — Lua cheia.

Papai e mamãe telefonaram. Eu não estava. Tinha ido andar por aí com o Deusdete.

Estou montando a cavalo. Tá certo... Ele tornou a pisar no meu pé. Na décima sexta tentativa eu consegui, só que montei de trás pra frente. Valdete morreu de rir. Disse que estou tão "mió de bão", que nem preciso usar sela.

Ganhei um beijo dela.

Estou a ponto de dar um pé na Maristela, virar peão e morar aqui. Pode até ser que com a Valdete ou qualquer outra das "Detes" da família dela. São todas umas gatinhas.

Sexta-feira, 31 de julho. — Nada a declarar.

Meu último dia.

Estou chato.

Vovó vem toda hora me chamar pra comer isso e aquilo. Vovô me deu seu canivete de estimação. É o de cortar fumo. Deusdete me deu seis figurinhas. Coitado! Ele gosta tanto delas!...

Dei pra ele um CD de Xitão e Xororó que comprei no mercado. Burro. Esqueci que ele não tem aparelho de som. Só rádio...

Sábado, 1º de agosto. 9:19 — Relógio a bordo.

Vovó e vovô me levaram pra rodoviária de Caçapava.

Andei pelo sítio, me despedi de todos.

Saco! Não queria ir embora. Nem vivo! Nem morto!... Não me restou outra opção: iria vivo.

Quando entrei na camionete, a família do Deusdete ficou abanando a mão de longe.

Valdete ficou abanando um lenço branco. Como eu não tinha um lenço, sacudi meu agasalho. O agasalho caiu na estradinha. Vovô quis parar o carro. Eu não deixei. Meu agasalho ficaria com ela. Tenho certeza de que ela gostará dele.

10:11 — Tempo chacoalhando junto com o ônibus.

Sabe que lá no sítio ninguém notou que eu uso aparelho? (Com exceção de vovó e vovô.) Eu é que tive de dizer: "Ó meu aparelho". A Valdete riu com a sua falha lá "pras banda de lá" e perguntou pra que servia. Respondi que era pra ficar com a "estética" em ordem. Ela tornou a perguntar por quê. Falei que era pra consertar os dentes tortos. Pra que de novo. Tornei a explicar que é costume. "Pra que, se estão bão do jeito que estão?" Ela ia morrer com os "dente" que estavam assim "memo". Não tive resposta. Ela só tem um dente tortinho, que, por sinal, é uma graça. Ela me disse que aparelho é coisa de gente da cidade, que gente do sítio nasce, cresce e morre do jeito que vem ao mundo.

Já viu filho de caseiro de sítio (ou filho de dono de sítio) ir ao psicólogo? Eu, nunca! E olha que o pai dela é bravo pra cacete!

Domingo, 2 de agosto. 20:05 — Frio.

Cheguei, parei, "oiei, apiei".
Como era verde o Sítio do Vovô, do vovô e da vovó.
Até que foi bom encontrar o povo aqui. O povo quer dizer meus pais e o Meleca.
Me mostraram quinhentas mil tranqueiras que compraram e me deram umas *cositas más*. Algumas coisas achei quinquilharias mas não disse nada a eles. Disse ter adorado tudo.
Contei dos meus pintos, do Real que morreu, do Deusdete, da Zê, da égua, das irmãs do Deusdete.
Os dois acharam que eu estou mais magro.
Será?
Fui conferir.
Pô, e não é que estou sem barriga?
Me acharam corado.
Fui conferir.
Pô, perdi a cor verde-acinzentada paulistana de Santana.
Liguei para o Zeca.

Ele estava em casa, sem fazer nada. Passou as férias com o pai.

E a Maristela? Por onde andaria?

Não vou ficar dando bandeira de ligar, não.

Veja só o que ganhei: um chaveiro "Recuerdo del Paraguay", um jogo novo, uma calça falsificada, um perfume falsificado, um tênis falsificado. Será que os pais que voltaram são os meus mesmo? De repente, devolvem pais falsificados.

Fui conferir.

Eles reclamaram do beliscãozinho.

São eles mesmo. Que bom!

Segunda-feira, 3 de agosto. 13:22

A velha classe de guerra.

Amigo de todo lado desfilando relógio de made-não-sei-onde, jaquetas, fotos, etc. Pareciam camelôs do centro da cidade.

Aula de Português. O tema da redação foi bem criativo: "Minhas férias". Escrevi mais ou menos isso: "De como um cara que pensa saber tudo descobre em apenas poucos dias não saber nada".

Nunca soube que não se pode passar por trás de cavalo, a não ser que se queira levar uma patada ou duzentos coices.

Descobri coisas no sítio do vovô e da vovó que nunca descobriria em nenhuma Disney da vida: comida em fogão a lenha; conversa rolando em frente à lareira; comida com gosto de comida. Nada congelado. Descobri que eles têm muita história pra contar, sem nunca terem saído de uma cidade pequena. Minha avó, que estudou pouco, pode curar lombriga, lumbago e eczantema súbito enquanto fala da política externa. Daria uma boa economista. Meu avô, com aquela idade, tem mais músculos e saúde que qualquer carinha de academia. Não só sabe falar de coisas do sítio, como conserta tudo, sobe em árvores, entende de frutas, do plantio, dos bichos. Daria um bom ministro da Fazenda. Descobri que as pessoas podem ser felizes sem o "tenho isso, consigo aquilo, estudo em tal colégio". Peguei ar puro, acordei cedo sem ser acordado, fui dormir sem ser mandado, esqueci das bolachas, pizzas e batatinhas. Peguei ar puro de alto a baixo, de baixo ao alto. Meu cérebro que o diga. Estou cheirando a mato, a clorofila. Descobri que posso fazer bons amigos em qualquer lugar, e que as coisas mais simples estiveram sempre enfiadas no meu nariz, sem que eu sequer as notasse. Tudo isso sem gastar!

Contei, imagine, até da conversa sobre meu aparelho com a Dete.

Depois da redação, fui conversar com a Maristela. Ela recebeu meu cartão com a foto. Achou o maior barato. Disse que sou engraçado!... Se pensa que eu gostei, não gostei.

Terça-feira, 4 de agosto. 19:27

Zeca veio aqui em casa. Está meio gordão. Também, o pai levou ele pra tudo quanto era canto, comendo um monte de baboseiras.

Ele disse que o pai e a mãe entraram num acordo: férias de janeiro com ele, julho com ele, fins de semana com ele, quem paga a escola é ele, quem dá roupa é ele, quem dá grana pra comida é ele, médicos e remédios idem. Disse também que o pai acha que a mãe podia bem arcar com o psicólogo, já que ela tem uma butique. Pelo visto, a mãe só vai ficar vendo ele crescer... de longe!

Ele não gostou das férias, tava de saco na lua, que esse negócio de ficar indo e vindo, cansa. Prometi que quando for ao sítio, levo ele comigo.

Quarta-feira, 5 de agosto. 20:15

Mamãe me pegou de jeito. Queria saber tudo o que fiz, o que não fiz. Papai idem.

Fui meio lacônico, segundo os dois.

Fiz um verdadeiro relato da minha vida em apenas três minutos. Finalizei com um "Pai, mãe, tenho alma de sitiante".

Faltam cinco dias para o meu aniversário. O que vou pedir?

Saco, acabo tendo outra síndrome de compra!

Quinta-feira, 6 de agosto. 21:36 — Vento frio.

Recebi uma carta do Deusdete: "Pedro, aqui tá frio. Quando é que cê vem? As menina acharam cê um baita cara legal. Já espalharam até na escola que cê é o mássimo. Escreve, Volta logo. Deusdete".

Puxa, achei o máximo!

Liguei pra Maristela.

Ela perguntou por que eu estava diferente. Disse que eu tava até com sotaque de caipira. Será que tô mesmo?

Ficou me cutucando pra saber se conheci alguém legal.

Disse que conheci umas meninas.

Ela bateu o telefone. Nossa! Ciumera besta! Tá certo, as "Detes" são meio do mato, mas são legais. Só que Maristela é Maristela.

Sexta-feira, 7 de agosto. 22:47

Nem bem chego do mato e lá vem uma cacetada de coisas pra fazer. Lição de casa, pesquisa, estudo do meio, do fim, do começo. Não tô bem sintonizado com a vida ainda.

Tiraram umas de mim porque tô gostando de música sertaneja. Pelo menos sou autêntico. É música que dá pra entender.

Me sinto um ET.

Sábado, 8 de agosto. 16:16

Natalina velha de guerra. Tá aprendendo a deixar o caldo do feijão mais grosso. Beleza.

Faltam dois dias para o meu aniversário. Acho que vou convidar um amigo para uma pizza. Provavelmente meus pais vão cortar o meu barato, oferecendo pipoca e suco aqui em casa.

Tô achando agora aniversário um troço besta. Por que será?

Domingo, 9 de agosto. 21:15

Saí com o Zeca e o Augusto. Fomos ao shopping. Ficamos rodando as lojas de CDs.

Descobri que eles gostam de música sertaneja, só que não falavam porque acham brega.

Amanhã é meu aniversário. Não vou fazer nada, nem pizza, nem pipoca. Vou ficar aqui quieto no meu canto.

A Maristela nem me olha mais. Nem ao menos me acha engraçado. O Zeca me disse que está cada dia mais a fim da Talita.

Segunda-feira, 10 de agosto. 15:14 — Solzinho fraco.

Ninguém se lembrou de mim. Nem o Meleca nem a Natalina. Meus pais me deram um abraço muito do sem-vergonha. Nem ao menos um bolinho para o filho único. Nem uma olhada da Tela, nem um telefonema, nem um cartão.

Recebi uma carta do vovô. Ele tirou uma foto dos pintos ao lado do Deusdete e mais uma outra minha (nem vi ele tirar) em que a égua está com a pata em cima do meu pé. Preguei a foto na parede. Só eles lembraram...

Descobri, no forno, o que vai ter de rango no jantar: panela de arroz queimado no fundo. Não mereço. Teria pelo menos uma vela? Duvido.

Terça-feira, 11 de agosto. 1:14 — Madruga.

Putz! E eu ia imaginar que teria uma festa surpresa? Às 8 e cacetada, baixou um bando de gente aqui.

Mamãe encomendou um bolo, sem que eu soubesse. Papai trouxe um bando de coisas pro aperitivo. Até música rolou.

Tela foi a primeirona a chegar. Dancei com ela, derrubei até guaraná na saia dela.

Lá pelas nove e tanto, adivinhe: vovô e vovó. Aí a festa rolou de verdade. Acabou o forró porque vovô começou a contar história que não acabava mais. Eu já nem lembrava mais quando ele contou que eu assei um frango vivo. Vovó tinha dito que ia pegar um frango (lá no sítio ela destroncava o pescoço do bicho e depois tirava as penas jogando água fervendo). Como eu tinha apenas seis anos de bobeira, catei um frango do galinheiro e enfiei no forno a lenha. Vivo.

Eles foram as estrelas da festa. Minha avó trouxe roscas de leite condensado.

Ganhei um CD da Tela — Dudu Santos. Ela escreveu um bilhete: "Pedro, vou colocar aparelho amanhã. Vamos formar um par engraçado. Ouvi dizer que quando alguém de aparelho beija alguém de aparelho fica grudado pra sempre. Será? Feliz aniversário. Tela".

Resolvi não esperar muito pra conferir. Lasquei um beijo no rosto dela. Apesar de ter sido meu primeiro beijo (e o primeiro dela também), não nos enganchamos.

Acho que estamos "ficando".

Quarta-feira, 12 de agosto. 15:26

Adolescente deixa rastro de bagunça por todo lado. Quase viro "gato borralheiro" de tanto ajudar a Natalina a limpar as melecas e os grudes do chão. Dia seguinte é sempre dia seguinte.

Hoje comecei a achar que não sou tão pavorível (pavoroso + horrível). Afinal, alguém em Santana gosta de mim. É bonita, inteligente, tem sacadas legais. Até a Natalina ficou mais simpática. Será que eu é que era chato?

Quinta-feira, 13 de agosto. 21:21

Pena vovô e vovó terem ido embora. Sobraram meus pais, mas só cruzo com eles de manhãzinha e na hora do jantar.

Notei que os dois andam sempre puxando assunto comigo. Será que já eram assim e eu não tinha notado? Será que eu sou tão desligadão assim?

Sexta-feira, 14 de agosto. 23:14

Fui na sessão das 7 assistir ao *Homens de Preto — Parte XV*. Tela deu um gritinho, e eu aproveitei e "crau" na mão dela. Só com a nossa turma, enchemos duas fileiras do cinema! Na saída, ela disse que eu devia estar espantado, porque meu cabelo estava em pé.

Lógico. Deu um pé de vento em Jundiaí e meu cabelo arrepia em Santana.

Quando cheguei em casa, peguei meus pais no flagra, dando uma espiada em você. Fiquei muito pê. Fiz sermão digno de padre Zezinho... Afinal, estavam violando minha intimidade. Os dois ficaram vermelhos. Disseram que quando viram você dando sopa na minha cama ficaram com vontade de dar só uma espiadinha. Saco. Minha vida lá, aberta num diário, e os dois rindo à minha custa.

Mamãe trouxe o seu diário de adolescente pra eu ver. Papai idem.

Eu não quis. Respondi que os diários eram deles e que eu não "invadiria" nunca sua privacidade. Ficaram com a cara no chão. Largaram os diários lá, acaso eu resolvesse dar uma olhada, e prometeram de pé junto nunca mais espiar minhas coisas.

Sábado, 15 de agosto. 15:12

Continuam com um ar de culpados e condenados à pena de prisão perpétua. Não resisti e comecei a ler o diário do papai.

1º de setembro de 1965.
Tenho sabatina de Português hoje.
Escolas não deviam existir.
Mamãe me comprou um sapato de matar barata no canto. Achei horrível. Preferia um keds *branco, desses barra-limpa. Coloquei uma redinha de maçã no cabelo pra ver se ele alisa. Tenho raiva de não ter cabelo liso igual ao do John Lennon. Gostaria de ser cantor de iê-iê-iê. Tentei contar ao meu pai que quero aprender a tocar guitarra elétrica, mas ele nem desgruda o olho do jornal...*

Dei uma espiada no diário da mamãe.

10 de outubro de 1967.

Querido diário, queria tanto dar uma volta de leonete, mas mamãe não deixou. Disse que não fica bem para uma moça de Caçapava. Acabei indo. Tudo o que consegui foi queimar a perna na hora de descer. Contei pra mamãe. Não dava para esconder...

Pulei para:

29 de maio de 1970.

Querido diário, conheci um pão no cinema. Estava passando Dio come ti amo *e ele sentou do meu lado. O nome dele é Marcelo. Achou coincidência eu me chamar Marcela. Perdeu os pais há dois anos, num acidente de carro, e está morando com a avó, aqui em Caçapava.*

O que gostei mais nele é o cabelo crespo. Pode não ser o cabelo do John Lennon ou do Paul, mas é um pão lindo de morrer. Acho que amanhã vou matar aula para encontrar com ele...

Resolvi parar aí.

Devolvi os diários aos dois... Com um abraço e o começo de uma música que eu também curto muito: "I love you yé yé yé" (com algumas alterações, claro!).

Afinal, tenho treze anos, cabelo crespo, aparelho, óculos, e desisti de ser gênio.

Curtir a vida aqui mesmo em Santana, os meus pais, a Tela, o Meleca, meus amigos, a escola, meus avós, o Deusdete e as "Detes" todas de Caçapava já é um bom presente de aniversário.

Bom, não desisti completamente de ser gênio. Acabo de pensar numa outra grande sacada!

Mas isso eu conto amanhã...

A autora

Arquivo pessoal

Quando pequena, nunca pensei que seria escritora. Lá em Marília, Estado de São Paulo, onde eu ia crescendo e pintando o sete, pensava em ser professora, pintora, artista... Mas não escritora. Fui aluna de intercâmbio nos Estados Unidos, cursei a Faculdade de Letras em Marília, lecionei Inglês na rede estadual de ensino em Campinas... Achava que era isso mesmo o que eu queria: dar aulas de Inglês para crianças e jovens. Em casa, fazia o que muitos pais curtem fazer: lia histórias para os meus três filhos, à noite. De ler, passei a inventar algumas histórias também. Dia seguinte, as crianças pediam que eu contasse a história da noite anterior... E foi aí que tudo começou. Com medo de esquecer, passei então a anotar as histórias inventadas, passando-as a limpo sempre que podia – nunca tive uma letra muito bonita! Quando vi, tinha enchido uns dois cadernos bem grossos. Depois de três anos, em 1987, publiquei o primeiro livro e não parei mais. Em 1989, recebi da APCA o título de "melhor autora" com o livro infantil *Mago Bitu Fadolento*, Edições Loyola. Bem, acabei deixando as aulas de Inglês para ficar com os livros de Português...

Inglês, Espanhol, didáticos... Pois é: quem disse que eu precisava deixar o Inglês totalmente? Escritor é assim. Ele carrega pra dentro da história todos os seus sonhos, o que gostaria de fazer, como gostaria que o mundo fosse... E, se não consegue, pelo menos faz todo mundo sonhar junto. E, quando a gente sonha junto, tanta coisa boa pode acontecer, não é mesmo?

Entrevista

Os conflitos e as dúvidas de um adolescente de 12 anos estão muito bem retratados nesta bem-humorada narrativa em forma de diário. Vamos conversar com a autora sobre seu livro e outras questões?

O UNIVERSO DA ADOLESCÊNCIA É MUITO VIGOROSO NESTE LIVRO. VOCÊ TEM UMA RELAÇÃO ESPECIAL COM ESSE PERÍODO DE SUA VIDA?

• Tenho, sim. Tive uma adolescência maravilhosa, mas acho que a adolescência que "inventei" para o personagem do livro é bem mais cheia de aventuras do que a minha própria adolescência foi. Assim, pude curtir muitas coisas que o personagem fez que eu jamais poderia ter feito na época.

VOCÊ ESCREVE, OU JÁ ESCREVEU, DIÁRIO?

• Tive muitos na minha adolescência. Inspirei-me neles para compor um de meus livros, o *Rita está crescendo*.

SENDO MULHER, É DIFÍCIL ESCREVER ADOTANDO UM PONTO DE VISTA MASCULINO?

• Dificílimo. A toda hora me flagrava falando e agindo como mulher. Daí, apagava tudo e começava novamente, com um olhar e uma fala masculinos.

Quando você escreve um livro, pensa em transmitir mensagens?

• É o que menos me preocupa. Quero que os leitores se divirtam, em primeiro lugar. Às vezes, no entanto, pinta um tema social, pelo próprio rumo que os personagens tomam... E daí é preciso envolvimento com o assunto. Como o meu lado "professora" acaba achando um tema para reflexão, procuro seguir mais o lado autora mesmo. Mas nem sempre é possível!

Você acha que dar entrevistas ajuda o leitor a compreender a obra?

• E como! Se isso existisse nos meus livros de adolescente, teria gostado muito!

O diário (nem sempre) secreto de Pedro

Telma Guimarães Castro Andrade

Suplemento de leitura

Pedro, um garoto de 12 anos, escreve seu diário. Nele, relata todos os acontecimentos que considera importantes: os pensamentos, os questionamentos, as frustrações, as descobertas, os desejos, as conquistas. Dessa forma, proporciona um mergulho no rico e conturbado cotidiano de um adolescente. Vamos relembrar um pouco essa história toda?

Por dentro do texto

Enredo

1. Qual o estado de ânimo de Pedro:
   a) No início da narrativa? Por quê?
   _____
   _____

   b) E no final? Por quê?
   _____
   _____
   _____
   _____

2. Coloque V ou F para as seguintes afirmativas:
   ( ) Os pais de Pedro não gostam do filho.
   ( ) Pedro é filho único.
   ( ) Pedro quer namorar Talita.
   ( ) Pedro e Deusdete não se entenderam.
   ( ) Pedro gosta muito de visitar os avós.

3. Numere as sentenças de acordo com a ordem dos acontecimentos:
   ( ) Domingo no sítio dos avós.
   ( ) Aniversário de 13 anos de Pedro.
   ( ) Aniversário de Augusto.
   ( ) Fuga no presídio.
   ( ) Pedro conhece Deusdete.

4. Por que o título do livro é *O diário* **(nem sempre)** *secreto de Pedro*?
   _____
   _____
   _____

5. Pedro sente-se atraído por Maristela, mas fica sabendo que existe alguma coisa entre ela e Zeca.

a) Por isso, quando vai visitar Zeca, não é muito educado. Qual é sua atitude?

_____

_____

b) Mas um fato acaba por identificar Pedro e Zeca e faz com que se tornem mais próximos. O que é?

_____

6. Pedro tem uma vida confortável: estuda, não trabalha, viaja, mas mesmo assim acha que a família não tem dinheiro nenhum. Na sua opinião, qual a situação financeira da família de Pedro?

_____

_____

_____

7. As férias que Pedro passou no sítio dos avós em Caçapava modifica o modo de ele ver o mundo, a vida.

a) Qual era a expectativa do garoto das férias no sítio?

_____

b) Como é sua estada no sítio?

_____

c) Quais foram suas descobertas no sítio?

_____

_____

_____

_____

divulgação de uma suposta excursão que será promovida pela escola. Ilustre o catálogo com o material recolhido. Se houver oportunidade, organize com seu professor e colegas de classe uma excursão desse tipo.

22. Em certo momento, Pedro faz referência a uma "fuga do presídio" (p. 27). Como ele mora em Santana, é provável que esteja se referindo ao Carandiru, complexo presidiário inaugurado em 1956 e desativado em 2002. Com capacidade para 3 250 presos, o local esteve sempre às voltas com a superlotação e foi palco de um terrível massacre que vitimou 111 presos, em 1992. Em 1999, o médico paulistano Dráuzio Varella lançou o livro *Estação Carandiru*, no qual relata suas experiências nos anos em que atuou na enfermaria do presídio. Em 2003, o cineasta Hector Babenco lançou o filme *Carandiru*, baseado no livro de Varella. Se puderem, leiam o livro e/ou assistam ao filme. Depois, promovam um debate em classe.

Produção de textos

19. O diário é uma forma literária bastante interessante, pois permite a utilização de uma linguagem bem informal e pessoal. Você já experimentou escrever esse tipo de relato? Vamos experimentar escrever um diário durante sete dias. Procure escrever todos os dias, você pode escolher dar ênfase aos fatos ou aos pensamentos, ou misturá-los como no diário de Pedro. Então, mãos à obra! Você vai se surpreender com os resultados.

20. Há vários rituais de passagem da infância para a adolescência. Baile de debutante, por exemplo. Isso acontece nos mais diversos povos. Entre os índios xavantes, por exemplo, os meninos, quando chegam à puberdade, vão para uma casa especial onde ficam reclusos com outros garotos da mesma idade. Quando chega a época de casar (catorze ou quinze anos), voltam a viver com os pais e conhecem a futura esposa, que já está prometida (eles não a escolhem, apenas seguem a orientação dos pais). Você conhece outros rituais que marcam a passagem para a idade adulta na nossa cultura ou em outras? Quais? Escreva uma redação sobre isso.

Atividades complementares

(Sugestões para Geografia, História e Vídeo)

21. Pedro faz uma excursão com a escola à Serra do Mar, descrita como um lugar muito verde e bonito. Você sabe onde se localiza essa serra, em qual Estado, próxima a qual cidade? Seria interessante fazer uma pesquisa em livros, revistas ou na Internet sobre essa região que realmente é muito bonita. Recolha fotos e mapas. Depois, resuma as informações em um texto para catálogo de

Personagens

8. Pedro é o protagonista-narrador da história.

   a) Como ele se define, fisicamente?
   _____
   _____

   b) Ele se mostra muito preocupado com sua imagem, pois se acha muito feio e desproporcional. Em sua opinião, Pedro realmente é tão mais feio que os outros, ou está exagerando, já que essa é uma atitude típica da adolescência?
   _____
   _____

   c) Quais das características abaixo você atribuiria a Pedro?
   (   ) bem-humorado
   (   ) revoltado
   (   ) triste
   (   ) sensível
   (   ) criativo

9. Como se chamam os pais de Pedro? Em que momento do livro é passada essa informação?
   _____
   _____
   _____

10. Os pais de Pedro são professores, trabalham bastante, mas têm tempo para dedicar ao filho. Você acha que essa é uma família harmoniosa? Por quê?
    _____
    _____
    _____

11. Pedro acha que sua mãe é excessivamente cuidadosa e preocupada com ele. A que Pedro atribui essa atitude da mãe?

_____

Tempo e espaço

12. Quanto tempo da vida de Pedro é relatado no livro?

_____

13. Em certo momento de sua estada no sítio, Pedro perde seu relógio e só o recupera na hora de ir à rodoviária, para voltar para casa, na cidade. Na sua opinião, essa perda pode ter um sentido simbólico no texto?

_____
_____
_____

14. Em que cidade e bairro Pedro mora?

_____

15. Em que época você acha que esta história se passa? Por quê?

_____
_____

Linguagem e foco narrativo

16. A autora utiliza algumas *figuras de linguagem* no livro.
    a) Uma delas é a *ironia*. Você sabe o que é ironia?

b) Cite um exemplo de ironia no texto.
_____
_____
_____

c) E *hipérbole*, você sabe o que é?
_____
_____
_____

d) Dê um ou dois exemplos de hipérbole no texto.
_____
_____
_____
_____

17. No livro, a autora faz uma espécie de paródia a marcas famosas, nomes de filmes, etc. Por exemplo: tênis Salidas tem som bem parecido com tênis Adidas, calça Korum lembra calça Forum, *A hora do espanto* remete à *Hora do desespero*, etc. Na sua opinião, qual o objetivo da autora ao utilizar esse recurso?
_____
_____
_____

18. Como se trata de um relato em forma de diário, o livro é narrado em primeira pessoa. Que consequências essa opção acarreta na narração dos acontecimentos?
_____
_____